KB213171

글 · 김도석

아버지 죽다

3남 3녀 중 장남으로 태어난 나는

초등학교 졸업 후 얼마동안

아버지가 농사짓는 집에서 잔심부름하며 지냈다.

아버지는

중학교에도 가지 못하고

밤늦도록 공부하겠다고 앉아있는 아들이 안쓰러웠던지

어느 날 약간의 술기운으로 돌아와

누군가 몇 장 쓰다 버린

낡은 일기 공책을 내게 건네셨다.

그것이 아버지가 내게 주신
최초의 선물이었다.

그때부터 일기는
내 생활이었고
삶의 전부가 되었다.
하루도 거르지 않고
47년간 일기를 쓰고 있다.

차례

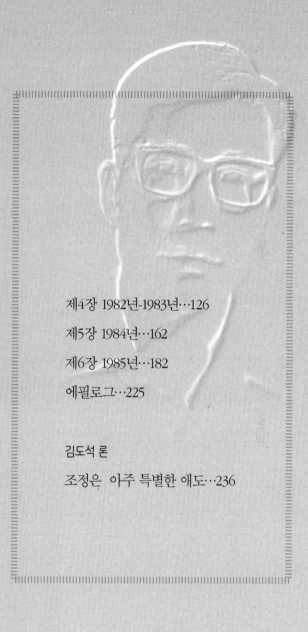

첫 일기장

1978년

3 월	1 일	수 요일	날씨 (☀)

오늘은 날씨가 쌀쌀한 날씨다
아침 늦잠에 깨었다
밥을 먹고 세수를 하였다
집에서는 할 일 이 없다
친구아이 같이 지개를 만들다가 동상을 주었다
오후에도 나무를 조금 해왔다
착한일 잡동을 묵었다
할 일 나무를 해왔다

국민교육헌장 생활화일기

김도석

국민학교용 ... 방향

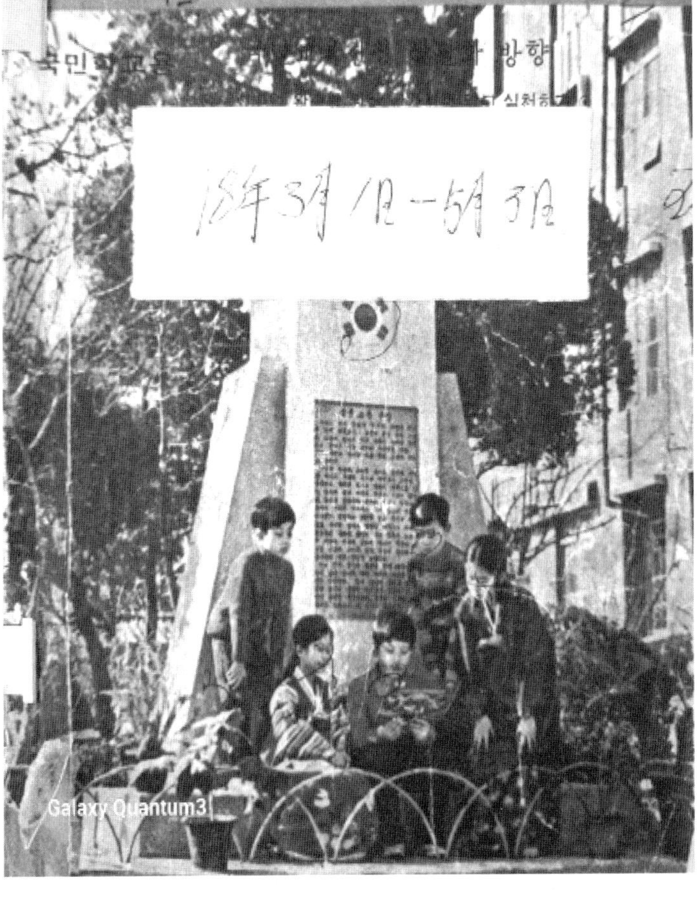

제1장 1978년

아버지

오늘 날씨가 싸늘하다

늦잠에서 깨었고 밥을 먹고, 세수도 했다.

집에서 장난감 지게를 만들어 동생에게 줬다.

오후에는 산에 올라

땔감 나무를 조금 해왔다.

78. 3. 1. (15세)

나무를 했다

아침부터 라디오 방송을 들었다.

천천히 밥을 먹고 치웠다.

엄마는 이웃집으로 밭을 매러 나섰다.

동생들에게 숙제를 내주고, 산에 올라 나무를 해왔다.

점심때를 맞춰 남동생 둘째에게 아기를 데리고

엄마를 찾아가 젖 먹이고 오라고 타일렀다.

나는 막내 남동생을 데리고 또 산으로 나무하러 나섰다.

두 사람 몫을 해왔다.

다시 두 동생을 데리고 소나뭇가지를 꺾고

갈고리* 나무를 큼직한 둥치**로 만들어

질질 끌고 집으로 돌아왔다.

엄마가 가르쳐주는 대로 쌀을 씻어

저녁밥을 지었다.

78. 3. 2.

* 소나무에서 떨어진 솔잎
** 다발의 전남 방언

강아지가 죽었다

아침에 눈을 뜰 무렵,

잠에 취해 멍하니 앉아 있는 나에게 다가온 엄마는

간밤에 갑자기 강아지가 죽었다고

밭으로 가서 죽은 강아지를 불에 그슬리라고 했다.

혼자는 싫었다.

나는 동생들을 데리고 가서

살점이 타지 않을 만큼 그슬렸다.

아침밥은 늦은 시간에 먹었다.

낮에는 아저씨 집에 가서 삽으로 샘을 파는 일을 했다.

점심을 먹고 소여물에 넣어줄 옥수숫대를 날랐다.

저녁 무렵에는 소 외양간에 들어가

소가 쏟아낸 똥거름을 치웠다.

일한 덕분에 밥도 얻어먹었다.

재미있게 텔레비전을 보고 있을 때,

엄마가 나를 데리러 왔다.

동생들은 학교에서 새 학기 책을 타왔다며 좋아했다.

나는 동생들이 부러웠다.

78. 3. 7.

이상한 사람

이른 아침부터 비가 쏟아졌다.

이를 닦고 세수도 했다.

집에는 머리에라도 쓸만한 조그만 비닐조각도 없었다.

동생들은 불만 없이 비를 맞으며 학교에 갔다.

무슨 일이 있는지

엄마와 아빠는 서둘러 목포에 가셨다.

나는 어린 동생들을 돌보며 놀았다.

어떤 낯선 사람이 집으로 불쑥 들어와

성냥을 달라고 했다.

성냥을 주니까 변소로 가서

짐을 하나 들고 사라졌다.

이상한 사람이었다.

오후에는 동생들이 학교에서 돌아왔다.

엄마와 아빠는 오지 않았다.

78. 3. 9.

아빠를 걱정하다

새벽에 라디오에서 흘러나온 형사반장을 듣다 보니
잠자리에서 늦은 시간에 일어났다.
날이 밝기 전에 어머니는 일터에 가셨고,
동생들이 학교에 늦을까 나는 서둘러 밥을 지었다.
동생들을 학교에 보내고,
나머지 어린 여동생들과 늦은 아침밥을 먹었다.
나는 할 일이 없어서
방구석에서 굴러다니는 책을 찾아 읽는다고 했지만
머릿속에 들어오지 않았다.
엄마와 아빠가 목포에서 오시지 않았기 때문이다.
동생들과 먹기에 밥이 부족해서 밥을 다시 지었다.
해가 질 무렵에는 엄마만 오셨고 아빠는 오지 않았다.
술과 도박을 좋아하는 아빠가 걱정되었다.

78. 3. 10.

천자문

아침에 일어나니 나 모르게 간밤에 이슬비가 내렸다.

먼 산 끝에는 안개가 내려앉았다.

집에서 이를 닦고 아저씨 집으로 뛰어갔다.

옆집 아저씨가 나를 불렀다.

담배를 사 오라는 심부름을 시켰다.

뒷산에 올라가서 땔감 나무를 해왔다.

오늘 내가 할 수 있는 밥벌이었다.

저녁을 먹고 집으로 돌아왔다.

아빠는 지도 읍내에서 천자문 책자를 사 오셨다.

중학교 들어가지 못한 나에게는 큰 선물이었다.

78. 3. 16.

꾸중을 들었다

아침에 일어나자마자 아저씨 집으로 달려갔다.

아침밥을 먹고

주인아저씨가 가르쳐주는 대로 돼지 밥을 만들었다.

시간이 남아서 뒷산으로 올라가

갈고리 나무를 한 짐 해왔다.

오후에는 집으로 돌아와

앞산에 올라가 나무를 모아 큼직한 둥치를 만들었다.

소나무 낙엽이라 무게가 상당했다.

힘겹게 끌고 내려오다가

나무둥치와 함께 굴러떨어졌다.

나는 성질이 심하게 났다.

오후에는 아저씨에게 심한 꾸중을 들었다.

일은 아저씨네 것을 하고,

내 집에 들어가서 점심을 먹었다는 이유였다.

78. 3. 20.

동네 불이 났다

아침에 일어나려고 하니 머리가 어지러웠다.
밥을 먹고서도 조금 어지러웠지만 할 수 없었다.
동네 개포씨네 집으로 가서 기왓장을 날랐다.

오후에는 흙을 넓은 마당에다 지게로 져 날랐고
니아까를 가지고 아저씨네 집에 들어갔다.

불이 났다고 동네 사람들은 아우성이었다.
나는 그곳으로 얼른 달려갔다.
칫간이 다 타버렸다.
밥도 안 먹고 집으로 왔다.
머리가 어지러웠다.

78. 3. 26.

중학교 가고 싶다

어제는 머리가 무겁게 어지러웠는데
아침에는 어지럽지는 않았다.

빠른 걸음으로 아저씨 집으로 달렸다.
아저씨 가족들 틈에 끼어 아침밥을 먹었다.
비가 조금씩 내렸다.
비가 내리면, 밖에는 하는 일이 없다.

넓은 토방에 앉아서 혼자 새끼를 꼬았다.
비가 주춤해질 무렵
담배밭에 거름을 지게로 져 날랐다.
몸이 고되고 힘들었다.
세월이 빨리 흘러갔으면 좋겠다는 생각을 했다.
내년에는 꼭 중학교에 들어가고 싶다.

78. 3. 27.

신안 임자도 괘길리에서

아버지는 남의 집에서 농사짓고,

나는 구멍가게에서 점원으로 잔심부름을 했다.

아저씨네 집에서 잤다

아침에 하늘을 보니 곧 비가 올 듯했다.
밥을 먹고 나니 비가 조금씩 내렸다.

짚 문을 치어서
새내끼*를 꽜다. 점심을 먹고 또 꽜다.
주인집 아주머니는 목포에 가셨다.

고구마순에 물을 주웠다.
늦은 오후에도 물을 줬다.
아저씨네 집에서 잠을 잤다.

78. 5. 9.

* 새끼의 전남 방언으로 새끼는짚으로 꼰 줄을 일컫는다

아빠는 술에 취해 있었다

소를 뜯기다가 밥을 먹고

저수지 안으로 니아카를 밀고 가서

물을 싣고 나와 고구마 순에 뿌렸다.

먹는 물을 두 번이나 실어 날렸다.

참으로! 일은 고달팠다.

소를 앞장세워 논으로 가서

벼 사이에 있는 피를 뽑았다.

점심 먹고 소깔*도 조금 베고 놀다가

방앗간에 잔심부름하려고 주인 아주머니에게로 갔다.

소깔을 한 아름 베고서

우리 집으로 오니 어머니와 아빠는 야단이었다.

아빠는 술에 취해 있었다.

온 식구가 불쌍했다.

78. 5. 19.

---

* 꼴의 방언으로 꼴은 말이나 소에게 먹이는 풀을 일컫는다

품삯 4,500원을 받았다

아침에 일찍 일어나
소를 이끌고 물을 퍼 나르러 갔다.
두레로 물을 폈다.
밥 먹고 기계를 가지고 심부름도 했다.
혼자 힘으로 물지게를 고쳤고 소 외양간도 치웠다.

점심 먹고 우리 집 뒤에서 소깔을 벴다.
오후 3시 반경에 두레로 물을 폈고
저녁때에 소를 끌고 오다가 이장을 만났다.

오늘 일한 품삯 4,500원을 받았다.
어머니 품삯까지 받았다.
기분이 좋은 얼굴로 집으로 달려왔다.

78. 5. 21.

어른이 되면 집 지을 계획을 세웠다

먹는 물을 질러*놓고

이장네 집으로 일한 품삯을 받으러 갔다.

니아까로 물푸는 기계를 가지고 왔는데.

그런데 전기선이 없었다.

니아까를 집에 두고 보리를 벴다.

아침에 베었던 것처럼 일했다.

점심 먹고 기계를 옮기고

물을 퍼서 못자리에 물줄기를 댔다.

주인아저씨와 함께 기계를 옮겼다.

지친 몸으로 집에 들어오니까 아빠가 오셨다.

나는 마음속으로는

어른이 되면 집 지을 계획을 세웠다.

78. 5. 24.

* '길어'의 전남 방언

언젠가는 성공하는 날이 오겠지

아침에 청소했다.
술참 때에는 참외를 실으러 갔다.
원두막에서 참외를 싣고 가게에 갖다 놓고는,
다시 수박을 실으러 갔다.

오후에 잔 심부름하였다.
닭장을 치우고 돼지 막도 치웠다.
저녁밥을 먹고 놀고 있는데,
인물이 멀쩡한 아버지가
어린 자식을 고생시킨다고
동네 사람들이 소곤대는 소리가 들렸다.

나는 생각했다.
언젠가는 성공하는 날이 오겠지.

78. 8. 1

엄마는 아기를 낳았다

아침에 주인집 가게에서 심부름하고 있을 때
아빠가 오셨다.
빨리 집으로 가라고 채근했다.
엄마에게 상구*가 돌았다고 했다.
급히 집으로 돌아와 엄마 심부름을 했다.
엄마는 아기를 낳았다.
엄마가 혼자 낳은 아기는 여동생이다.
엄마가 힘겹게 불러주는 대로 날짜를 받아 적었다.
음력, 7월 2일 오전 9시였다.

나는 엄마 곁에서 심부름도 하고 밥을 지었다.
점심때는 아저씨 가게에서 일손을 돕다가
집으로 잠시 돌아와 엄마가 밥을 먹을 수 있도록
솥에 쌀을 안치고 미역국도 끓였다.

* 산기(産氣)의 전남 방언

여동생들이 엄마 밥을 먹을까 봐

이불 속 깊숙이 넣어 두고

오후에는 전장포로 가서 물건을 받아왔다.

목포에 가신 아빠를 하염없이 기다렸지만

아빠는 오지 않았다.

78. 8. 5.

아빠 냄새가 좋았다

아침밥을 먹고 나는 이웃집에서 마늘을 심었다.
참외도 얻어 먹었다.
점심을 먹고 조금 일하다가
전장포로 술 상자를 가지러 나갔다.

이웃집 주인이
내년에는 자기네 집에서 머슴살이를 하라고 했다.
아무 말도 하지 않았다.
속이 상했기 때문이다.

만약에 내가 이웃집에서 머슴을 살고 있다면,
나는 사람이 아닐 것이다, 라고 생각하였다.

저녁 늦은 시간까지
가게 심부름을 하고 집으로 돌아와

담배 냄새와 찌든 땀내가 나는

아빠 곁에서 잠을 잤다.

아빠 냄새가 좋았다.

78. 8. 8.

중학교는 포기해라

아침에 소를 끌고 나왔다.
이슬이 맺혀있는 풀밭으로 소를 몰았다.

소를 띠기고* 밥을 먹고 동네 가게를 지나가는데
살짝 열린 문틈으로
아빠 모습이 눈에 띄었다.
동네 사람들과 화투를 치고 계셨다.

아빠의 이런 모습을 보니
기분이 많이 우울했다.

나는 점심때에 시간을 맞춰
전장포에 니아카를 끌고 나갔다.
선창 가에서 술 상자를 받아왔다.

* '뜯기고'의 전남 방언

집에 오신 아빠는 나에게

내년에도 중학교에 보낼 수가 없다고 말했다.

아빠 앞에서 고개를 들지 못했다.

78. 8. 28.

돈을 벌겠다

이른 아침에 아빠와 함께 일어났다.
구멍가게 문을 열고 들어가서 청소를 했다.

아침을 먹고
어떤 아주머니와 씨앗을 뿌리고 가볍게 흙을 덮었다.
주인집 채소밭에 물도 주었다.

그 아주머니와 이야기 중에
나는 커서 내가 원하는 공부를 하고 돈을 벌겠다고
내 이야기를 길게 늘어놓았다.

아빠는 영 버린 사람이라고 생각했다.
점심을 먹는데 기분이 좋지 않았다.

니아카로 짚문을 싣고 밭에 가서 일을 마치고

술 상자를 가지러 전장포에 갔다.

목포에서 술이 오지 않았다.

술이 없어 온 동네가 들썩했다.

늦은 오후에 채소밭에 물을 줬다.

78. 9. 1.

그럭저럭 10월만 지나면

추운 아침 가을 날씨였다.

가게에는 별로 할 일이 없었다.

바람이 제법 불었다.

배 시간에 맞춰 전장포에 갔다.

물건은 들어오지 않았다.

오후에는 더 세차게 바람이 불었다.

어서 추석이 와서,

그럭저럭 10월만 지나면

내 세상이다, 라고 생각했다.

78. 9. 10.

아빠 엄마

이른 아침에 구멍가게 앞마당을 쓸고 치웠다.
주인아저씨도 함께했다.
녹두 포대를 싣고 전장포를 몇 번 다녔다.

아침을 먹기 전이라 배가 고팠다.
아저씨 꾸중을 들어가면서 잔 심부름했다.

점심때에는 밥이 적어서 국수를 먹었다.
전장포에 나갔는데,
목포에서 물건이 들어오지 않았다.

일을 마치고 집에 들어섰다.
아빠와 엄마는 마당에서
담뱃닢을 엮고 계셨다.

78. 9. 12.

불쌍한 아빠

제법 추운 아침이었다.

가게에서 심부름하고 늦은 아침을 먹었다.

점심때에는 니아카를 앞세우고 전장포에 갔다.

먼저 석유 한 통을 사고, 선창가로 갔다.

거기서 뜻밖에도 술에 취한 아빠를 만났다.

나는 기분이 좋지 않았다.

아빠가 불쌍하다고 생각하니 괜히 눈물이 났다.

내가 기다리던 물건은 오지 않았다.

배 시간을 맞춰 오후에 다시 선창 가를 나갔다.

주인아저씨가 물건을 가지고 오셨다.

집으로 돌아와서는

아빠에게 꾸중을 들었다.

78. 9. 14.

갈 길은 단 한 길이다

늦은 아침에 여객선을 맞으러 선창가에 나가서
스레트를 받아 싣고 왔다.
주인집 가게를 돌보기도 하고
방도 닦고 쓸고 했다.
점심을 먹고 통나무를 조금 패다가 전장포를 나갔다.
주인아저씨가 술 세 상자를 목포에서 샀다고 했다.

오후에 김치를 담는다고 해서 나는 잔심부름을 했다.
어느덧 하루 해가 넘어갔다.
집으로 돌아와서는 미숫가루를 한 그릇 먹었다.
앞으로 10일 남았다.
내가 갈 길은 단 한 길이다.
마음을 단단히 먹고 한 길로 가야겠다고
마음을 먹는다.

78. 9. 20.

아빠가 지도에서 오셨는데

가게 문을 열고
부엌에서 아침밥을 하려고
솥을 닦아 밥을 안치고 불을 지폈다.
닭 모이도 줬다.

가게도 보고, 그럭저럭 시간이 흘렀다.
점심때에는 고구마를 솥에 넣고 쪘다.
점심에는 고구마도 먹었다.
저녁때에는 쌀을 떠다가 밥을 했다.

어둠이 내릴 무렵에
아빠가 지도에서 오셨는데,
술에 취하셨다.
나는 사람들과 싸움할 것 같아 걱정했다.

78. 10. 6.

아빠는 술에 취해 있었다

아침에 주인아주머니가 서울 간다고 했다.

나는 그릇을 씻고, 밥을 해서 먹었다.

아주머니는 배를 타고 전장포로 갔다.

조금 후에 아주머니가 그냥, 돌아왔다.

새참 때에는 어떤 아저씨네 나락을 훑으러 갔다.

나락을 져 날랐고 점심을 먹은 다음

나락을 풍차에 돌렸다.

저녁 늦은 시간까지 일했다.

몸을 씻고 집으로 돌아왔다.

아빠는 술에 취해 있었다.

78. 10. 8.

또 머슴을 살라고 윽박질렀다

일찍 일어나 가게 앞마당을 비로 쓸었다.
주인아줌마는 몸이 불편하다며,
나에게 몇 가지 지시를 내렸는데
보리쌀을 씻어 밥을 하라고 했다.

밥을 먹고는 궤짝을 부숴 땔감 나무를 만들어 놓았다.
나머지 궤짝으로 닭 밥그릇을 만들기도 했다.
점심에는 고구마를 솥에 넣고 쪘다.

혼자 가게를 보았다.
주인아저씨는 전장포에서 술에 취해 오셨다.

해가 질 무렵에 나는
전장포로 가서 아줌마 가방을 싣고 돌아왔다.

저녁때에 개를 잡아서 장작불에 그을렸다.

친구들과 어울리다가 집으로 돌아왔다.

아빠는 나에게

내년에 남의 집에 들어가

또 머슴을 살라고 윽박질렀다.

나는 절대 못 간다고 소리를 질렀다.

78. 10. 10.

이사를 한다고 했다

아침밥을 먹고 빨래를 조금 했다.

이웃집에 나락을 실어 날렸다.

점심을 먹고도 일했다.

저녁에 밥을 먹는데,

밥상에 삶은 돼지 뼈가 나왔다.

집에 돌아오니 지도읍에서 엄마가 와 있었다.

곧 며칠 안에 지도읍으로 이사를 한다고 했다.

78. 10. 11.

무서운 것은 불이라고 생각했다

아빠와 엄마는 나보다 일찍 잠자리에서 일어났다.

니아까를 끌고 전장포로 갔다.

니아까에는 이불과 곡식이 가득했다.

엄마는 여객선으로 지도를 가셨다.

어제 주인아저씨의 고모네 집에 큰불이 났다.

나는 불이 난 집으로 가서 잡일을 하였다.

술참 때에는 밥을 먹고 검게 타버린 물건들을 치웠다.

이 세상에서 무서운 것은 불이라고 생각했다.

78. 10. 18.

지도선착장

**임자도에서 다시 지도읍으로 이사를 했다.

아버지는 부잣집에서 1년 농사를 짓기로 하고,

나는 읍에 있는 이발소에서 심부름을 했다.

나는 아버지 어머니에게 중학교에는 언제 가나?

하며 조르기도 하고, 생떼를 쓰기도 했다.

아버지는 습관처럼 늘 술과 도박에 열중했고

빈 주머니가 돼서야 집을 찾았다.

아버지를 지켜보는 나는 가슴이 타들어 갔다.

임자도에서 지도읍 월산으로 이사하다

어둠이 가시지 않는 이른 새벽에

아빠하고 엄마랑 이삿짐을 꾸렸다.

오후에 임자도에서 세종호를 타고 지도읍까지 왔다.

온 식구가 지도읍 월산으로 이사를 했다.

리어카에 짐을 잔뜩 싣고,

우리 식구들이 살 집으로 왔다.

엄마하고 밭에 나가서 나무를 가져왔다.

저녁때 고구마를 먹었다.

방안에 전등불이 켜지자 방이 대낮 같았다.

참! 좋은 세상이라고 생각하였다.

78. 11. 19.

창피하다

부엌에서 설거지하고
밭으로 가서 나무를 등에 짊어지고 내려왔다.
집에서 놀다가 11시쯤에
잠자던 어린 동생을 업고 엄마에게 젖먹이러 나섰다.
할 일들은 많지만 하기가 싫어 빈둥대며 놀았다.
점심을 먹고 나니까
이웃집에서 나락을 묶는다고 해서 일손을 도왔다.

요란하게 떠드는 소리가 들려 뒤를 돌아봤다.
중학생들이었다.
아는 친구들도 있었지만 나는 모르는 척했다.
마음이 무겁고 창피했다.
친구들이 보란 듯
내년에는 꼭 중학교에 들어갔으면 좋겠다.

78. 11. 24.

비와 우박이 쏟아졌다

엄마에게 이발하러 간다고 돈을 달라고 졸랐다.

엄마는 지금 돈이 없으니까 나중에 가라고 하였다.

하늘에서는 곧 비라도 쏟아질 것 같았다.

집에서 빈둥거리며 라디오를 듣고 있었다.

대책도 없이 시골에서

이렇게 시간을 보내다가는

커서 쓸모없는 인생이 될까 봐, 마음이 불안했다.

점심때쯤 엄마와 동생들과 고구마를 쪄서 먹었다.

밖에는 비와 우박이 쏟아졌다.

78. 11. 27.

이발소

아침에 젊은 사람이 큼직한 자전거를 타고 집으로 왔다.
아빠 허락을 받았다며, 나를 태우고 지도 읍내로 갔다.
내가 자전거 뒷좌석에서 내린 곳은 이발소였다.

나는 얼떨결에 이발소 직원이 되었다.
잔심부름도 하고, 손님 머리를 감아주는 일을 맡았다.
점심은 라면으로 배를 채웠다.

퇴근 때에는 한 손에 면도칼을 가지고 나왔다.
집에서 열심히 연습하라고 했다.

78. 11. 29.

중학교에서는 무엇을 배울까?

이른 아침에 자전거를 타고, 마당 한 바퀴를 돌았다.

자전거를 타고 지도 읍내로 출근했다.

읍내에서 학교에 가는 친구들을 봤다.

나는 스치듯 지났지만 얼굴을 꼿꼿이 들지는 못했다.

이발소에는 아침 손님은 없다.

바닥 청소하고 거울도 닦았다.

아침에 친구들이 학교에 가는 모습이 다시 떠올랐다.

"나는 왜 중학교에 못 갈까?"

"친구들은 무슨 공부를 할까?"

정말 궁금했다.

일을 마치고 걸어서 집으로 돌아왔다. 내일부터 이발소
를 다니지 않겠다고 마음먹었다. 생각하면 할수록 분하다.

못 참겠다.

중학교를 보내달라고 아빠 엄마에게 다시 졸라야겠다.

78. 11. 30.

애원하다

잠자리에서 일어나면서
엄마에게 학교를 보내달라고 떼를 썼고, 애원도 했다.
나는 이발소에 가지도 않았다.

열 시쯤에 이발관에서 사람이 왔다.
나는 그 사람 자전거 뒤에 앉아 출근했다.
손님이 오면, 머리를 감겨드렸다.
바닥을 쓸고 쓸어도 머리카락은 어디서든 나왔다.
해가 떨어질 무렵에
나는 자전거를 타고, 집으로 돌아왔다.

동생이 세계명작 『삼총사』를 빌려왔다.
나는 늦은 시간까지 책을 읽었다.

78. 12. 2.

마음속으로 외쳤다

자전거를 타고 읍으로 갔다.

이발소에는 주인아저씨가 오지 않았다.

주인아저씨는 한참 후에 돌아왔다.

나는 손님 맞은 준비를 했다.

늦은 오후에 중학생 한 명이 이발소 안으로 들어섰다.

아는 친구였다. 서로 살짝 미소만 지었다.

청소하고 정리정돈을 하려는데,

또 친한 친구가 이발한다고 들어섰다.

반갑다는 표정은 지었지만,

내 속마음은 불편했다.

집으로 돌아와 보니 목포에서 아빠가 오셨다.

나는 아빠에게

"제 소원은 중학교에 들어가는 것이에요"

라고, 마음속으로 외쳤다.

78. 12. 7.

국회의원 선거 날

오늘이 국회의원 선거 날이다.

학교마다 투표장소로 변했다.

투표하는 날이라 그런지 이발관에 손님이 별로 없었다.

주인아저씨가 자전거를 타고 집에 가라고 했는데,

앞바퀴에 바람이 빠져버렸다.

하는 수 없이 터벅터벅 걸어서 집으로 돌아왔다.

집에는 여동생들만 웅크리고 자고 있었다.

조금 후에 아빠와 엄마는

목포에서 갈치를 4짝이나 사 들고 오셨다.

내일부터 엄마가 장사하겠다고 했다.

이번 국회의원은 누가 당선될까?

1)최영철, 2)임종기, 3)김경인, 4)김기열, 5)유옥우

다섯 분이 나왔다.

누가 당선자가 될지 궁금하다.

78. 12. 12.

죽을 생각을 하였다

오늘은 쉬는 날이다.

이를 닦고 세수하고 밥상도 치웠다.

엄마는 동네로 생선을 머리에 이고, 팔러 나섰다.

나는 하도 심심해서 개를 데리고 뒤 텃밭으로 나갔다.

집으로 돌아와 쉬었다가

좋은 생각이 떠올랐다.

물을 떠다가 고기 궤짝을 씻어 깨끗하게 말렸다.

해가 질 무렵 엄마는 아빠를 찾으러 읍으로 나갔다.

조금 후에

엄마는 술기운이 있는 아빠를 앞세워 집으로 돌아왔다.

나는 아빠를 보고는 기분이 상했다.

아빠와 나는 싸움을 했기 때문이다.

나는 약을 먹고, 죽을 생각을 하였다.

78. 12. 15.

밥상을 허공에 던져버렸다

엄마는 아침에 생선을 이고 팔러 나섰다.

아빠와 나는 동생들과 밥을 차려 먹었다.

동생을 데리고 지도읍으로 가서

못을 사서 동생더러 갖고 가라고 집으로 보냈다.

나는 이발소에서 면도칼을 갈았다.

점심을 지나고 저녁때에도 손님은 북적대지 않았다.

저녁때 집에 돌아오니 아빠는 술에 취해 있었고,

엄마의 표정이 좋지 않았다.

동생들과 밥을 함께 먹던 아빠가

갑자기 밥상을 허공에 던져버렸다.

나는 이런 환경에서 세상 살기 싫다고 생각하였다.

마음을 가다듬고,

나는 작은 밥상 앞에 앉아서 친구들에게

성탄절 카드를 보내려고 편지를 썼다.

78. 12. 24.

아침에서야 일기를 쓴다

고기를 무겁게 이고 엄마는 동네로 장사를 가셨다.

나는 동생들과 밥을 먹고 치웠다.

오늘도 이발소에는 손님이 뜸하다.

나는 기분이 좋지 않았다.

늦은 시간까지 이발소 일을 끝내고 집으로 돌아왔다.

그런데, 아빠가 또 술에 취해 있었다.

하도 나에게 이유도 없이 꾸중하기에 밖으로 뛰쳐나갔다.

10시가 넘어서야 방으로 들어왔다.

아침에서야 일기를 쓴다.

글씨가 좋게 안 써진다.

손에 힘이 없다.

나는 결단코 중학교에 가고야 말겠다.

78. 12. 28.

언덕에서 굴렀다

마음이 급했던지 자전거를 타고 읍내로 달리다가
언덕 아래로 굴러떨어졌다.
다행히 몸에는 이상이 없었다.
다만, 자전거 핸들이 엿가락처럼 심하게 휘어버렸다.

오늘 이발관 분위기는 좋지 않았다.
한 달이 넘어가는데도 이발관 주인은 월급을 주지 않는다.
다음 달에 준다며 말끝을 흐렸다.

내일부터 다니지 않겠다고, 나는 생각했다.
한 해가 힘없이 넘어갔다.

78. 12. 30.

제2장 1979년

새해 아침을 맞았다

아무 일 없는 듯 집에서 놀았다.

심심하면 동생들과 윷놀이를 했다.

오후에 나는 토끼를 기르겠다고 마음먹고

토끼장을 만들었다.

저녁때 친구 생각이 나서 편지를 썼다.

사람이란 배워야 한다고 짧게 썼다.

올해는 어떤 계획을 세워야 할지,

생각만 해도 막막하다.

중학교에 들어간다면 공부해야 하고

돈을 번다면 낮에는 열심히 일하고

밤에는 공부하고 싶다.

꼭 중학교에 들어가는 것이 내 소원이다.

다시 한번 하느님께 기도드리자.

79. 1. 1.

개를 팔았다

일찍 잠자리에서 일어나 마당을 쓸었다.

아침밥을 먹기도 전에 이발관에서 나를 데리러 왔다.

내 손목을 잡고 끌다시피 가자고 했으나,

나는 절대로 다니지 않겠다고 고집을 부렸다.

아침을 먹고 아빠와 개를 데리고 읍내 장으로 갔다.

사람들이 많이 모여 있는 곳으로 들어갔다.

사람들은 한마디씩 했다.

통통하니 살이 쪄서 좋은 개라고 관심을 보였다.

팔기가 아까웠다.

결정은 아빠가 했다.

어떤 아저씨에게 개를 넘겼고.

아저씨에게 힘겹게 끌려가는 개를

나는 한 발짝 물러서 멍하니 바라보고 있었다.

79. 1. 3.

생선 비린내가 나는 돈 봉투

눈처럼 하얀 서리가 지붕 위에 내렸다.

동생들과 아침밥을 차려 먹었다.

엄마는 무겁게 보이는 생선을 이고, 동네로 나가셨다.

얼마 지나지 않아 생선을 다 팔고

빈 상자만 가지고 들어오셨다.

엄마는 아빠에게 돈이 든 봉투를 내밀었다.

봉투에서는 생선 비린내가 났다.

목포에 가서 생선을 사 오라고

엄마는 아빠 등을 밀었다.

해가 저물었는데도 아빠는 오지 않았다.

불길한 예상을 했는지,

엄마가 앞장을 섰고 나는 엄마 뒤를 따라 읍내로 갔다.

아빠를 찾지 못하고 집으로 돌아왔다.

79. 1. 5.

보지 않는 척하며 다 봤다

잠이 든 나를 새벽에 엄마가 깨웠다.

어디 갈 데가 있다고 했다.

엄마하고 간 곳은 읍내의 작은아버지 집이었다.

술에 취한 아빠는 작은아버지 네 문간방에서 자고 있었다.

간밤에 술에 취한 아빠는

엄마가 생선을 사 오라는 돈으로

읍내 사람들과 놀음을 했다고 한다.

작은어머니가 지혜를 발휘해

"시숙님, 돈을 좀 빌려주세요."

하면 아빠의 양쪽 주머니에서 많은 돈이 나왔다고 했다.

작은어머니는 그 돈을 예쁜 봉투에 담아

엄마에게 주셨다.

나는 그 모습을 보지 않는 척하며 다 봤다.

너무 부끄러웠다.

79. 1. 6.

참새와 까치

쌀쌀한 아침이다.

일찍 밥을 먹고 심심해서 놀았다.

10원짜리 동전으로 목걸이를 만들겠다고 생각했다.

동전에 구멍을 뚫어 여동생에게 목걸이를 선물했다.

점심에는 고구마를 먹었다.

오후에 보기가 힘든 광경을 보았다.

소변을 보는데,

참새 한 마리가 쳐놓은 그물에 걸려 울고 있었다.

그때 어디서 날아온 까치가

참새를 데리고 도망쳐 버렸다.

나에게는 감동이었다.

79. 1. 12.

할아버지 제사

눈이 조금 내린, 추운 날씨다.
바람이 제법 불었다.
이제 진짜 겨울이 되었다.

나는 방에서 라디오를 듣고 있었다.
엄마는 오늘이 할아버지 제사라고 했다.
떡도 안 하고, 고기도 없는데,
어떻게 제사를 지낼까?

나는 궁금했다.

79. 1. 13.

어른이 되면 무엇을 할까?

이른 새벽부터 눈이 내린다.

온 식구가 작은 방에 앉아 밥을 맛있게 먹었다.

밖에는 눈이 쌓이고 나는 친구도 없고 심심했다.

나는 늘 한 가지 고민이 있다.

어른이 되면 무엇을 할까?

기술자가 될까?

어떤 사람이 될지 늘 궁금하다.

79. 1. 14.

약속

이른 아침에 엄마는

생선을 머리에 이고 동네로 팔러 가셨다.

아빠와 나는 동생들과 밥을 차려 먹었다.

조금 후에는 이발소에서 사람이 왔다.

함께 가자고 했다. 나는 힘없이 따라나섰다.

이발소에 도착해서는 예전에 했던 것처럼,

손님들에게 머리를 감겨드렸다.

장날이라서 손님들이 복잡하게 모여들었다.

쉴 틈새가 없었다.

점심은 오후 4시가 넘어 라면으로 해결했다.

집으로 돌아갈 때 차비로 1,000원을 받았다.

아빠가 술을 마시지 않기로 약속을 했는데,

집으로 돌아온 나는 실망했다.

어른이 되면, 술과 담배를 하지 않을 계획을 세웠다.

79. 1. 23.

**79년 초에 아버지 손을 잡고 이끌려 들어간 곳이 오촌 집이었다.

이곳에서 1년 동안 농사일 심부름을 하면,

내년에는 중학교에 보내주겠다는 아버지와 약속이 있었다.

오촌에게 1년 치, 목돈을 받으신 아버지는 한동안 얼굴을 볼 수가 없었다.

나는 아침, 저녁으로 소를 앞세워 풀을 뜯기고 잔심부름하며 성장했다.

어린 나에게는 농사일이 고역이었고,

이른 새벽에 일어나는 것도 죽을 만큼 싫었다.

논과 밭에 농약을 치는 것도, 한여름에 숨죽이며 담뱃잎을 따는 것도,

쉽지 않았지만 아버지와 약속이 있었기에 가능한 인내심이었다.

햇살이 사정없이 내리쬐는 지루하고 지루한 10월 어느 날,

이른 아침에 마늘밭에서 일하고 있을 때,

박정희 대통령이 총탄에 서거했다는 큰 뉴스 터졌다.

나는 순간 나라에 큰일이 났구나! 하면서도

한편으로는 나에게도 무슨 변화가 있을 것이라는 예감이 들었다.

오촌 집에서 농사를 짓다

아침부터 바빴다.

나는 아빠를 따라 읍내로 왔다.

내 주머니에는 약간의 용돈이 들었고

손에는 새 옷이 든 검은 보따리를 들었다.

아빠 손목을 잡고, 사옥도로 가는 도선을 탔다.

탄동에서 큰 농사를 짓고 있는 오촌 집으로 들어갔다.

내가 이곳에서 1년간 농사일을 도와주면

아빠는 내년에 중학교를 보내주겠다고 약속했다.

11시가 넘어 낯선 방에서 잠이 들었다.

내일부터 열심히 농사일을 해야겠다.

79. 1. 30.

눈 감았다

잠자리에서 일어나 창밖을 내다보니

많은 눈이 소복이 쌓였다.

숙모가 차려준 아침밥을 먹고 방안에 혼자 있었다.

자꾸만 집 생각이 났다.

생각으로는 견딜 수가 없다.

누구 눈치도 보지 않고 낮에는 잠을 잤다.

어두워질 무렵에 저녁을 먹으러 안방으로 들어갔다.

반찬도 많았지만, 요새는 밥맛이 없다.

일 년을 어떻게 보낼까?

눈을 감고 생각했다.

저녁에는 바람이 세차게 불었다.

나는 아빠가 술을 많이 마시지 않기를,

기도하며 아빠를 떠올렸다.

79. 1. 31.

눈은 내리지 않았다

눈은 내리지 않았다.

동네 아이들과 뒷산으로 꿩을 잡으러 나섰다.

한 마리도 잡지 못 했다.

뻘땅으로 물고기를 잡으러 갔지만 구경도 못 했다.

고구마를 먹고 있는데 아빠가 오셨다.

나는 반갑지가 않았다.

저녁 무렵에는 소여물을 쑤워줬다.

저녁밥을 먹고 조금 있으니까 동네 분들이 모여들었다.

나는 작은 방에서 일기를 썼다.

아빠는 아직도 가지 않았다.

79. 2. 2.

나무를 했다

오촌과 마당에서 작두를 가지고 소여물을 썰었다.

밥을 든든하게 먹고

나보다 큰 지게를 지고 탑선에 있는 선창에 갔다.

선창에서 시멘트를 지게에 지고 창고로 져 날렸다.

등짝에 통증이 심했다.

점심을 먹고 쉬었다가 앞산으로 나무를 하러 나섰다.

피로했는지 나무를 하다가 잠이 들었다.

누군가 흔드는 바람에 잠에서 깨었는데 산 주인이었다.

주인은 나보고 뒤따라 오라서고 하며, 앞장을 섰다.

나는 지게를 진 채로 산으로 달렸다.

나중에 낫을 찾아보려고 왔는데 낫은 제자리에 없었다.

산 주인이 가져갔다고 생각했다.

가슴이 두근거렸다.

오촌에게 말하지 않았다.

79. 2. 9.

쓸모없는 사람

봄 날씨지만 쌀쌀한 아침이다.

오촌과 리아카를 끌고 흙을 운반하러 갔다.

한 삽 두 삽을 뜨고 생각이 많아졌다.

나는 쓸모없는 사람이라고 생각했다.

제때에 공부도 못하고 기술도 배우지 못하고,

이게 사는 것인가?

나는 커서 어떤 사람이 될까?

궁금하다.

지금은 전혀 쓸모없는 세상을 살고 있다.

이것은 다 아빠 탓이다.

79. 3. 3.

엿장수

새벽부터 비가 내리다가 햇볕이 들자 비구름이 사라졌다.

점심을 먹고 나른한 몸이 될 즈음 엿장수가 나타났다.

친구들과 엿장수를 졸졸 따라다녔다.

가끔 쪼가리 엿을 맛볼 수 있었다.

고마운 엿장수다.

그런데 불쌍한 아저씨였다.

저녁 무렵에는 밭두렁을 따라 소에게 꼴을 뜯겼다.

79. 4. 24.

엄마 없는 하늘 아래

아침부터 천천히 비가 내렸다.

나는 발목이 아파서 밖으로 나서지는 못 했다.

너무 심심해서 『엄마 없는 하늘 아래』를 한 권 빌렸다.

아빠는 매일 술을 마시고,

엄마는 부지런했지만

어린 자식들을 남겨두고 일찍 세상을 떠났다.

슬픈 동화였다.

나는 슬퍼서 울었다.

우리 집 동화였기 때문이다.

비는 저녁에도 보슬보슬 내렸다.

79. 5. 13.

엄마 아빠

아침에 소를 산에 풀어놓고

들판으로 일을 하러 나섰다.

벌써 사람들은 모를 심고 있었다.

나는 못줄을 잡았고 논에서 모 시중을 했다.

똑똑하고 말 잘하고 영리하고 인정이 많은 우리 아빠,

부지런하고 순한 엄마,

일하는 사람들이 내 앞에서

두서없이 꺼낸 이야기들이다.

79. 5. 30.

아빠처럼 되지는 않을 것이다

소를 앞세우고, 논으로 일하러 갔다.

논에서 잡풀을 뽑았다.

혼자서 허리를 세울 시간이 없었다.

배가 고파서 힘이 빠졌다.

밥을 먹고 오촌과 다시 논으로 갔다.

저녁에는 소깔을 벴다.

나는 돈을 벌면 까먹지 않을 것이며

돈을 함부로 쓰지 않을 것이다.

아빠처럼 되지는 않을 것이다.

동화책이나 내 곁에 많이 있으면 좋겠다.

79. 6. 7.

뱀을 팔다

일찍 일어나서 며칠 전에 잡았던,

독사를 가지고 동네로 들어갔다.

뱀을 사는 아저씨에게 200원을 받았다.

독사에게 물리면 큰일이다.

언제나 뱀은 조심해야 한다.

아! 피곤하다.

온몸이 쑤시고 아프다.

79. 6. 14.

아빠 엄마에게 편지를 쓸까

보슬보슬 아침에 비가 내린다.

비를 맞으면서 소를 몰고 꼴을 뜯기러 갔다.

오전에는 조금 쉬었다가

점심을 먹고 밭으로 가서 보리를 베었다.

저녁 늦은 시간까지 논과 밭에는 안개가 끼었다.

아빠 엄마에게 편지로 내 마음을 전하고 싶다.

나는 날이면 날마다 힘든 고생을 하고 있다고.

79. 6. 18.

집안이 자꾸만 걱정된다

오늘은 생각지 않게 늦잠을 잤다.

하기 싫은 것은 농사일이다.

논으로 가서 잡초를 뽑았다.

이런 세상을 언제 벗어날 수 있을까?

나는 어떤 인물이 될까?

결코 작은 것에도 변하지 않은 사람이 되었으면 좋겠다.

요즘 동네에 아주 못된 친구가 한 명 있다.

거짓말쟁이다.

그 친구가 한 행동을 본받아,

나는 절대로 허술하게 살지 않을 것이다.

부모에게 효도하는 사람이 되고 싶다.

우리 집안이 자꾸만 걱정된다.

79. 6. 22.

오늘은 운이 나쁜가 보다

소를 논두렁에 매어놓고,

논에서 뜸부기 알을 갖고 나오는데,

속없는 동네 아저씨가

새알 두 개를 가지고 도망치듯 달아났다.

내가 욕을 하자

그 아저씨는 나를 때리려고 했다.

나는 아저씨 손에 들린 도시락을 빼앗아

논으로 던져버렸다.

화가 풀리고 보니,

왜 내가 그런 짓을 했는지 종일 마음이 무겁다.

난, 요새 할 말을 한다고 마음을 먹었다.

말도 안 하면 바보가 된다고 생각하니 기분이 좋지 않다.

동화, 소설, 시, 신문, 잡지 등

많은 것을 읽겠다고 생각했다.

79. 6. 28.

아빠에게 보내고 싶은 시

오촌과 숙모님은 참 좋은 분이라는 생각이 문득 들었다.

콩밭에 나가 숙모님과 제초약을 뿌렸다.

잠시 쉬었다가,

담배밭에서 약통을 지고 벌레 약을 했다.

몸에서 고약한 농약 냄새가 쉽게 사라지지 않았다.

아빠에게 한 편의 시를 썼다.

가난한 집에 누가 기둥인가?

아빠가 기둥이 돼야 할 텐데.

큰아들이 기둥이 되겠다고 하네.

아빠는 논밭의 벌레 같고

아들은 논밭의 주인이 되고 싶다 하네.

약을 뿌려도 소용없네.

79. 7. 2.

원망하다

아빠를 원망했다.

내가 무슨 죄가 있기에 이렇게 힘든 고생을 할까?

아침에 방에서 나오기 전에

우리 집 생각을 하니 몸에 힘이 빠진다.

요즘에 집 생각이 자주 난다.

그럴 때마다 코끝이 시큰거린다.

오촌과 숙모하고 논에 가서 농약을 했다.

농약 냄새가 나는 제일 싫다.

그래도 집 생각을 하면,

어디서 힘이 나왔다.

이를 악물고 이겨내야 한다.

이런 고된 일을 언제 벗어날 수 있을까?

79. 7. 8.

집에 가다

오촌에게 지도읍에 있는 집에 갔다가 오라는
허락을 받았다.
마음이 하늘로 날아갈 듯 가벼웠다.
오촌은 용돈을 주셨다.
나는 동생들에게 줄 과자를 사고
읍내에서 이발도 했다.
5명의 어린 동생들은 날 보고 웃었다.
나도 따라 웃다가 코끝이 시려워 고개를 멀리 돌렸다.
동생들을 이끌고
밭에서 고구마를 심는 엄마 일손을 도왔다.
엄마가 불쌍하다는 생각이 들었다.
아빠는 엄마 곁에 없었다.
내 마음이 편하지 않았다.

79. 7. 14.

열심히 살아야겠다

이른 새벽부터 비가 쏟아졌다.

날 쉬라고 비가 내리는지 모르겠다.

소를 앞장세워 들판으로 나갔다.

소가 풀을 먹는 사이에

손에 들고 나간 『김유신장군』 위인전기를 읽었다.

낮에는 잠도 자고 보리도 먹었다.

숙모님은 나를 잘 생각하는 편이고

오촌은 나를 아끼는 편이다.

나는 먼 산을 바라볼 때면

지도읍 월산에 사는 엄마, 아빠 동생들 생각뿐이다.

몇 달 전에

서울 사는 친척분에게서 편지가 왔다고 연락이 왔다.

노력한다면 성공의 길은 열릴 것이다.

열심히 살아야겠다.

79. 7. 16.

독사를 팔았다

밥을 든든하게 먹고,

혼자 고추밭에 농약을 하러 나갔다.

웬일인지 고추밭에 독사가 똬리를 틀고 있었다.

나는 조심스럽게 다가가 독사 대가리를 단숨에 잡았다.

저녁때에 독사를 팔았다.

500원을 받았다.

헛되게 쓰지 않겠다고 생각했다.

내 방 작은 금고에 넣었다.

79. 7. 20.

책을 읽었다

깊은 새벽에 무서운 바람과 비가 험하게 쏟아졌다.

비가 내리는 일요일이다.

내일부터 학생들 방학이 시작된다.

중학생 친구들을 만났다.

친구들은 위인전기 책들을 나에게 빌려줬다.

속으로 고맙다고 생각했다.

다음도 또 빌려보라고 했다.

나는 산에 소를 풀어 놓고, 책을 읽었다.

시간을 잘 아껴서 책을 많이 읽을 생각이다.

79. 7. 22.

아는 것이 힘이 된다

살랑살랑 바람이 불었다

꼭 가을에 부는 바람 같았다.

하늘에서는 곧 비가 쏟아질 것 같은 날씨였다.

큰 오촌님 댁 돼지가 병 들어 죽었다.

동네 어른들과 고기를 맛있게 먹고,

오촌을 따라 이웃 동네로 방아를 찧으러 갔다.

친구에게 위인전기 6권이나 빌렸다.

참! 좋은 친구라 생각한다.

앞으로 그 친구에게 잘 보답해야 하겠다.

저녁에 밖으로 놀러 가지 않고 책을 읽었다.

노력 끝에 성공이 있고 아는 것이 힘이 된다.

79. 7. 26.

열심히 공부해 성공할 것이다

오촌이 담배밭에 가자고 나를 불렀다.

건조장을 비닐로 씌우고 묶었다.

오늘부터는 잎담배를 땄다.

우거진 담배 포기 사이로

담뱃닢을 하나하나 따는 것은 만만한 작업이 아니었다.

일이 힘들면, 자꾸만 아빠가 마음에 걸린다.

우리 식구들은 아빠 때문에 마음고생이 심하다.

나는 정신을 똑바로 차리고,

열심히 공부해 성공할 것이다.

나의 가정을 편안하게 할 것이다.

79. 8. 8.

내 소원

이른 아침부터 담뱃닢을 엮었다.

쉬는 틈 없이 부지런히 일했다.

무더운 여름 날씨라 기운이 없다.

사르르 배가 아팠다.

오촌님이 읍에 갔다 오셨다.

우리 아빠는 지금도 읍에서 술을 마시고,

일도 하지 않고 있다고 오촌이 흉을 보셨다.

아빠가 정신을 차리는 것이 내 소원이다.

79. 8. 9.

늦잠을 잤다

이른 아침부터 거름을 변소로 지게로 져 날렸다.

오늘은 기분이 좋지 않았다.

오촌님은 왜 요즘에 나에게 일을 더

심하게 시키는지 모르겠다.

궁금하다.

이를 악물고 지게를 지고 일을 했다.

많은 땀을 흘려서 더욱 기분이 나아지지 않았다.

오후에 기분 좋은 한 줄기 소나기가 쏟아졌다.

멀리서 귀뚜라미 소리가 들렸다.

가을이 왔다는 소리인가 보다.

79. 8. 13.

시골을 벗어날 준비

서울에서 고모가 오셨다.

며칠 후에 나는 서울로 간다.

즐거운 마음으로 옷도 빨고, 신발도 빨았다.

지도에 사는 작은아버지와 함께

당촌에 살고 계시는 큰아버지 집으로 갔다.

큰집에는 오랜만이다.

나는 큰아버지를 위해

마지막으로 지게를 지고 일손을 도왔다.

친척들은 한바탕 웃었다.

79. 11. 4.

서울에 들어섰다

서울 고모를 따라 사옥도에서 배를 타고 목포까지 왔다.

머리가 지끈지끈 어지럽다.

목포에서 오후 3시 서울로 가는 고속버스를 타고

지루한 시간을 보낸 후,

밤 9시에 강남 고속버스 터미널에 도착했다.

택시를 타고 도착한 곳은 종로 6가 57번지였다.

고모네 가족들은 나를 반갑게 맞아줬다.

서울에서 첫 밤,

촌놈은 밤이 깊도록 잠들지 못했다.

79. 11. 5.

촌티 벗기

나는 서울 사람처럼 말과 행동에도 신경을 써야 했다.
촌놈이라는 소리가 듣기 싫었다.
차량 소음, 기계 소리가 요란한 서울이었다.

내가 하는 일은 좁은 공간에서 포장 끈을 감는 일이다.
공장에서 큰 원단을 받아
사용하기 편하게 작은 틀에 감아서
평화시장에 파는 일이었다.
친척 형들이 많았다.

낮에는 일하고
밤에 공부하는 야간 중학교에
내년에는 들어갈 수 있다고 했다.

79. 11. 7.

첫 상경 종로6가 57번지

용돈

시간이 어떻게 흘러가는 줄 모른 채 일했다.
어느 순간 점심때가 되고,
오후에는 고모부께서 용돈과 책값을
하얀 봉투에 담아 주셨다.
열심히 공부하겠다고 생각했다.

목욕을 가야겠는데 촌놈이라서 혼자는 못 갔다.
나중에 형들과 함께 가야지.

79. 11. 20.

산수 공부

흐린 날씨였다.

야간 중학교에 가려면 지금부터 공부해야 했다.

내가 자랑스럽다.

시골에 계시는 아빠 엄마가

내년에 내가 야간 중학교에 들어간다고 소식을 듣는다면

아들이 얼마나 자랑스러울까.

나는 어제부터

초등학교 수준의 산수 공부를 시작했다.

79. 11. 25.

좋은 날

오늘같이 좋은 날만 있었으면 좋겠다.
아침에 고모부께서 시골 작은어머니하고 통화하시고
전화를 나에게 넘겨주셨다.

작은어머니하고 많은 이야기를 했다.
참! 기분이 좋았다.
동생들 소식도 듣고 엄마 아빠 안부도 잘 들었다.

오후에는 심심해서
가까운 곳에 있는 창경원을 찾아갔다.
호랑이 사자 곰을 직접 눈으로 봤다.

오늘 하루가 신났다.

79. 12. 2.

끈 공장- 뒤의 큰 원단뭉치를 작은 실패에 나눠 감아서 동대문시장 등으로 유통시킴

끈 공장-목각으로 실패를 만듦

사랑하는 내 아버지

월요일이라 일감이 없었다.

형들과 포장 끈을 감고, 나는 잔심부름을 했다.

예상하지 못했는데

아빠가 서울에 오셨다는 전화가 왔다.

기쁘기도 하고 한편 마음이 두근거렸다.

시골에서 아빠가 오셨다고 하니

고모부도 형들도 모두 좋아했다.

나도 덩달아 기뻤다.

사랑하는 내 아버지다.

79. 12. 17

서울로 올라오며

나는 뚜렷한 목표가 있었다.

중학교에 들어가 친구들처럼 멋진 모자와 까만 교복을 입고 싶었다.

고모는 소규모 공장을 운영했다.

대형 포장끈 원단을 공장에서 납품받아

사용할 수 있도록 작은 목각으로 틀을 만들어

끈을 옮겨 감아 평화시장이나 동대문시장 옷가게로

판매를 하는 소규모 공장이었다.

나는 낮에 일하고 오후에 야학 중학교에서 공부하기 위해

중학교 입학할 계획을 세우고 친척 형들의 도움을 받았다.

제3장 1980년-1981년

아버지

마음이 무겁다

아침에 약간의 비가 내리던 것이
오후로 접어들면서 맑아졌다.
요즘 동생에게 신경이 쓰였다.
지난 명절에 일손이 부족해서 데리고 올라왔는데
한글을 잘 모른다.
나는 동생에게 한글을 가르쳤다.
나는 아버지 의지대로
어릴 때부터 친척 집에서 일하며 살았지만
내 동생이라서 불쌍하고 형으로서 미안한 생각이 든다.
부모 곁을 떠나 내 곁에 있으니 다행이지만
고모부나 형들에게 눈치가 보여서 가슴이 무겁다.
형이 성공할 때까지 동생이 조금만 참아 줬으면 좋겠다.

80. 2. 24.

꿈

동대문 재건 야학 중학교에 입학시험을 보러 갔다.

나는 밤새 잠을 못 잤다.

혹시 시험에 떨어지면 어떡하나 하는

고민 때문이다.

생각보다는 시험이 어렵지 않았다.

학교 선생님 말씀도 잘 듣고 시험도 잘 치렀다.

우리나라에서 제일 존경하는 분이 누구냐?

선생님이 물었을 때

나는 당황하면서도 망설인 끝에 대통령이라고 답했다.

잘 생각해보니 후회가 됐다.

선생님이라고 할 것을.

80. 2. 26.

동대문 야학 재건중학교

오늘은
야학 재건중학교에 첫 발걸음을 내딛는
예비 출석이 있는 날이다.

나에게는 특별한 세상이 다가왔다.
오전에 일하고
오후 4시쯤에 몸을 씻고 단장을 심하게 했다.
교회에서 운영하는 야학이지만
서울에서 중학교 과정을 공부한다는 것이
나에게는 꿈같은 일이다.
대학생 선생님들도 젊고 활기가 넘쳤다.
어린 친구들도 있고, 나이가 많은 형들도 있었다.
나는 3년 동안 기다린 보람이 있었다.
열심히 노력해서 반듯한 사람이 되고 싶다.

80. 3. 3

중학교 입학식

간밤에 꿈을 꿨는데 재미가 있는 꿈이었다.
공장에 일감이 많이 밀려서 몸이 바빠졌다.
오후로 접어들어서는 자주 벽시계를 쳐다봤다.

1시에 고모를 따라
교복 모자 책가방을 사러 평화시장에 갔다.
입고 싶었던 귀한 옷이다.

단장을 하고, 4시에 학교로 걸어갔다.
집에서 걸어 5분이면 도착하는 곳이다.

몸가짐은 긴장이 되었고
몸에 걸친 교복은 어색하고 불편했다.

학교에는 친구들과 선생님들이 모여 어수선했다.
노래도 부르고 어색한 몸으로 춤도 췄다.

저녁 식사까지 마쳤다.
나는 이제 시작이다, 라는 생각을 하였다.

80. 3. 10.

여름방학 시골에 가다

방학을 앞두고

시골에 내려간다는 생각을 하니 잠이 오지 않는다.

손에 익숙했던 일에도 재미가 없고

머릿속엔 벌써 고향 땅에 있다.

나는 뒤척거리다가 새벽 5시에 눈을 떴다.

함께 생활했던 고모 식구들에게 인사를 하고

택시를 타고 강남 고속버스 터미널로 향했다.

눈을 감았다가 떴다가 몸서리치고

화장실 두 번 오가고 보니, 목포터미널에 도착했다.

목포에서 지도읍까지 가는데

비포장도로에 몸은 많이 망가졌다.

지도읍 선창가에서 작은 도선을 타고

부모가 사는 마을까지 오는 데

큰 산을 두 번 넘어야 했다.

아버지 어머니 어린 동생들이 사는 집에 와보니

긴 한숨부터 나왔다.

쓸어질까 말까 하는 초가집에

풀들은 곳곳에 무성하고,

어머니는 햇볕에 그을려 낙엽처럼 앙상한 얼굴이었다.

어린 여동생들은 몸에 걸친 옷이 거지꼴이었고

아버지는 술에 취해 있었다.

어머니는 서울에 장남이 내려왔다는 것에

얼굴에 활기가 있었고,

쌀이 없는 보리밥에

호박 나물과 된장국으로 늦은 저녁을 비웠다.

술기운에 횡설수설하는 아버지를 보며,

점점 무식한 사람으로 변했다고 생각했다.

평생을 셋방 생활에 이골이 날 수도 있지만,

아버지는 평온했다.

아버지에게는 이런 말을 하면 벌을 받을 수도 있지만

빨리 죽어버렸으면 하는 마음이 간절하나,

입 밖으로 내보낼 수는 없다.

80. 8. 6.

끈 사세요!

마냥 재고로 공장에 쌓아둘 필요가 없어서
가까운 곳에 있는 평화시장과 통일시장으로 들어갔다.
양손에 10개씩 포장이 된 끈을 가지고
팔아보겠다고 나섰다.
시장 안에는 비좁은 길 양쪽으로
옷가게들이 즐비하게 끝없이 펼쳐있다.
끈 사세요!
끈 사세요!
큰소리로 외치지만, 목소리는 생각대로 나오지 않았다.
얼떨결에 끈 하나가 팔리자 용기가 났다.
힘껏! 소리를 몇 번 더 질렀다.
손이 가벼워졌다.
나는 장사에 소질이 있나? 생각하며,
신이 나서 공장으로 돌아왔다.

80. 10. 7.

고입 검정고시 불합격

하반기 고입 검정고시 합격자 발표가 있는 날이다.

창밖에는 여전히 비는 꾸준히 쏟아졌다.

합격을 쉽게 했을 것이다, 라는 기대를 나는 걸지 않았다.

합격자 명단이 있는 강남 반포중학교에 갔다.

눈에 힘을 주고 봐도 합격자 명단에는

내 이름이 존재하지 않았다.

우리 야학에서 3명만 합격자가 나왔다.

나는 침울한 기분으로 학교로 돌아왔다.

나는 불합격자였고, 실망도 컸다.

기대는 걸지 않았지만 막상 낙방이 되고 보니

세상 사람들이 얄미웠고 나도 내가 싫었다.

내 표정을 보고

주변 선생님과 친구들이 위로를 많이 해줬다.

만약, 내가 합격했다면 이 세상이 떠들썩했을 텐데.

81. 8. 25.

검정고시 과목합격증명서

가을로 접어든 9월에는 연일 비가 내린다.

나는 공장에서

비 오는 장면을 멍하니 바라보는 것이 요즘 낙이다.

검정고시 과목합격 증명서를 발급받으러

교육청을 찾아갔다.

증명서를 발급받아 보는 순간에 기절할 뻔했다.

순간적으로 깨어났으니 다행이지만

한 과목도 붙지 않았다.

60점도 받지 못했다는 의미다.

혹시 검정고시 위원회에서 실수한 건 아닐까?

81. 9. 1.

행복을 즐기는 가족

고모 집에서 독립해야겠다는 생각을 오래전부터 했다.

이번에 기회를 잡았다.

세운상가에서 작은 텔레비전을 샀고 빨간 카세트도 샀다.

서울역에서 9시 30분 열차를 탔다.

목포역에 5시 30분에 내렸다.

가까운 곳에서 떡국으로 배를 채우고

목포 선창에서 세종호를 타고 지도읍으로 갔다.

지루하고 지루한 여정이었다.

몸이 지치고 지칠 때쯤

아빠 엄마가 계시는 집에 짐보따리를 내려놓았다.

아빠는 나를 보고는 눈물이 뺨을 타고 떨어졌다.

나는 아빠처럼 울지는 않았지만 속으로는 행복했다.

우리 가족들이 이렇게 한자리에 모인 것이

내가 서울로 간 다음 처음이다.

81. 12. 1.

불화

시골에서 이틀째를 맞았다.
아빠와 엄마는 조금씩 불화가 커지기 시작했다.
깊이는 알 수 없으나 복잡한 얘기다.

나는 아빠가 미웠다.
나쁜 사람이라고 쌍욕을 했고,
지금 당장이라도 죽여버리고 싶은 욕구가
내 가슴에 방망이질을 해댔다.

날이면 날마다 술에 취해서
밥도 안 먹고 갈증 때문인지 물만 마시고
조용하던 집안에 불란만 일으키는
아빠가 원수처럼 생각된다.

지금 내 소원이 있다면

아빠가 하루라도 빨리 세상을 떠났으면 하는 것이다.
간절한 희망이다.

평소에 아빠는 말 수가 없는 사람이다.
한잔에 술이라도 입가에 닿으면 완전히 달라진다.
나는 가끔 생각한다.
내 아빠는 미친 사람이 아닐까?

껌딱지처럼 붙어있는 엄마는
아빠에게 불만이 없는 듯 살고 계신 것이 신기하다.
그러다가도 술기운만 있으면
아빠와 언성이 높아지는 것이 이제는 지겹다.
서울로 올라갈 준비를 빨리해야 하겠다.

81. 12. 10.

두 얼굴 아빠

서울로 올라갈 시간은 다가온다.

서울 생활을 앞으로 어떻게 풀어나가야 할지 고민이다.

며칠 전에 아빠와 불편한 마음 때문에 괴로웠다.

아빠 얼굴에는 평온이 찾아왔다.

아빠를 따라 가까운 산으로 나무를 하러 갔다.

뒤를 졸졸 따르면서 나는 웃음이 나왔다.

이렇게 믿음이 가는 우리 아빠인데.

81. 12. 12.

** 80, 81년에는 야학 중학교에서 공부하던 시절로

여름 휴가철이나 명절 때에

나는 시골에 내려가서 가족들을 만났다.

나 홀로 서울 생활도 만만치 않게 힘든 시기에,

가정을 지켜야 할 아버지는 매년 나를 절망에 빠뜨렸다.

나는 아버지를 죽이고 싶은 욕구가

마음 깊은 곳에 차고도 넘쳤다.

아버지가 세상에서 없어지면,

우리 가족에게 평화가 빨리 올 것이라는 생각이

오랫동안 마음 깊은 곳에 터를 잡고 있었다.

반면에 술에 취하지 않은 아버지와

함께할 때는 왜 그리도 뿌듯하고 행복했던지….

제4장 1982년-1983년

첫사랑

끈 공장에는 일감이 없어 공부를 열심히 하겠다고,
나는 도서실로 뛰었다.
통장에서 거침없이 3만 원을 뺐다.
돈을 아낄 줄 모르는 바보라는 생각을 했다.

중앙시장에 다니며 중고서점에 들어가
영어녹음테이프를 사들었다.
나에게는 오늘 많은 시간이 있다.
오후로 접어들면서 학교에 갈 준비를 했다.

학교 후배인 미순이에게 줄 선물을 사다 놓고 있었다.
겉보기는 고급으로 장식이 된 작은 시계였다.
늘 주머니에 다니고 있다가
미순이와 마주치면 눈 깜짝할 사이에 건네줄 생각이었다.

공부가 끝나고 학교 정문을 나왔는데,
미순이는 나를 황당하게 만들었다.
미순이 옆에는 낯선 남자가 있었다.

나는 어찌할지를 몰랐다.
무작정 도서실로 뛰었다.

공부하려고 계획했던 것들이 사라졌다.
한동안 사랑은 나를 마구 괴롭혔다.

82. 1. 13.

열아홉의 생각

부잣집 자식들처럼

하고 싶은 것, 먹고 싶은 것,

보고 싶은 것, 배우고 싶은 것,

다 누려보고 싶지만

그 무엇도 누려보지 못한 채

청춘이 가고 있다.

내 미래에는 어떤 여자와 결혼할지 모르겠고

자식을 낳아 기르며

어떠한 형태의 교육이 필요한지 모르겠다.

좀 더 유능한 아빠가 되기 위해서는

지금 열심히 배워야 한다.

유능한 엄마를 얻기 위해서는

더 뛰어야 한다.

내가 왜! 이런 생각까지 했지.

82. 3. 19.

행복한 가정을 꾸밀 계획서

5월은 청소년의 달이기도 하지만
가정의에 달이기도 하다.
오늘도 직장에서 맡은 일에 열심히 하루를 살았다.
늘 피로감은 몸에서 떠날 줄 모른다.
이유가 있을 것이다.

가정의 달이라서 나는 이런 재미있는 상상을 해본다.
10년 후 내 나이 29세이다.
내가 멋진 옷을 차려입고
마음씨 좋고 착한 여자를 만나
장가를 갈 것이고
남부럽지 않은 생활력으로
가정을 이끌 것이며
형제들은 장남으로서 잘 보살필 것이다.

남편으로서 역할이 있다면,

아내를 대할 때는

늘 웃는 모습을 보일 것이고

유머 감각을 발휘하는 가장이 될 것이다.

아들과 딸을 고루 낳아

희망을 담은 이름을 지어주고

공부할 수 있는 환경을 만들 것이다.

나에게도 이런 희망의 싹이 트일까?

미래에 훌륭한 가장이 되기

위해서 지금 노력하고 있다.

82. 5. 7.

여자의 성

새벽에 갑자기 부모님 생각이 났다.
혼자 자는 이 시간에 부모님과 함께 잠이 들었다면,
얼마나 행복할까?
혼자 자는 것이 외롭다.

부모 형제를 떠나 타향에 머무는 몸이지만
생각하면 보고 싶고 또 생각하면 서럽다.
언제 한 가족이 모여 함께 밥상을 같이 할까?

요즘에 경기가 좋지 않아 월급 생활을 하는 나는
주인 눈치를 자주 보는 편이다.
농촌은 가뭄 때문에 심각한 식수난을 겪는다는
뉴스를 자주 접한다.

요즘에는 청소년 성 문제가 심각하다는

뉴스도 자주 터져 나온다.

누구도 깊이 관여하지 못한 청소년 성 문제,

어쩌면 나도 그 중 한 사람인지 모른다.

특히 여자들이 15-20세 절반이 성 경험이 있다니

놀랍기만 하다.

내가 부모가 되어 자식들을 교육한다면,

어떻게 성교육을 가르칠지 자신이 없다.

82. 6. 29.

일기장

82년도 어느덧 하반기에 들어섰다.

앞으로 남은 82년도

어떻게 하면 후회가 없는 한 해를 보낼 수 있을까?

무조건 열심히 하면 되겠지.

6시에 한 라디오 프로그램에서

일기와 관련된 대화가 나왔다.

나는 귀가 쫑긋 섰다.

5년째 하루도 빠지지 않고 일기를 써온 나는

무엇을 세상에 남기고 싶은가?

진실 노력 인내.

지금은 무엇이든 뚜렷한 목적이 보이지 않는다.

부족한 글이지만 먼 훗날에

자식이 손자에게 손자가 자식에게 전했으면 좋겠다.

일기란? 나의 깊은 내면의 삶이고 상처이기도 하다.

82. 9. 1.

괜히 심술이 난다

아침 해가 떠오르기도 전에 벌떡 잠자리에서 일어났다.
괜히 마음 깊은 곳에서 짜증이 일어났다.
왜 나는 밤낮으로 고생을 해야 하나?

부모님은 자식이 고생하면서
배우려는 마음을 알고 있을까?
부모가 되어 자식 마음을 전혀 모른다면
부모가 아니다.

자식 눈에서 눈물이 나면,
부모님 눈에는 피눈물이 난다는 것을
알고 있을 것이다.
아마도!

82. 9. 7.

청량리 디스코텍

밥 먹듯이 반복하는 것이 직장 생활이다.
10시쯤에 아침을 먹고 청소를 시작한다.
운동장만큼 넓은 홀에서
직원 3명이 각자 맡은 일에 열중한다.
젊은 손님들이 밤새 휩쓸고 간 자리에는
쓰레기만 남아 있다.

나는 쓰레기를 치우면서 동전들을 줍는 것이 재미있다.
500, 100원짜리를 내 양주머니에 넣기에 바쁘다.
동전을 모아 저축을 하면,
목돈을 만들 수 있다는 것에 흥분이 되기도 한다.

오후 1시에 점심을 먹고 4시에 영업준비에 들어간다.
잔잔한 음악이 홀 안에서 나오면
직원들은 원탁에 둘러앉아

어제 홀에서 일어났던 이야기를 꺼내 들고 웃기도 한다.
특히 여자 이야기가 재미있다.

평소에는 11시에 영업이 끝나지만
오늘 같은 주말에는 밤을 새운다.
뜬눈으로 밤새 일을 한다는 것은 쉽지가 않다.

그 보상으로 사모님께서는
직원들에게 3천 원을 준다.

82. 11. 6.

동생을 사랑하자

동생 천일이가 내 곁을 떠난 지 며칠 뒤 돌아왔다.
친척 집에서 일하다가
불편해져 짐을 싸 들고 온 것이다.
나는 일자리를 찾아볼까 하고
새벽에 동생을 데리고 영등포에 사는 이모 집으로 갔다.
이모 집에 동생을 맡겨놓고 나왔다.

내 바로 밑에 동생이 늘 불쌍하게 느껴진다.
나는 이만큼 커서
사회생활에는 힘들게나마 버티고 있지만,
동생은 어떤 어려움이 닥치면
견뎌내는 힘도 지혜도 없다.

어릴 적에는 동생들에게 매를 들기도 하고
사나운 목소리로 폭력을 사용하기도 했지만,

이제는 커가는 동생을
더욱 섬세하게 보살필 때라 생각했다.

지금도 동생 기를 죽이고 있다고 생각한다.
말 한마디라도 따뜻하게 못 하는 형이다.

내가 배운 것이 부족해서 그럴까?
앞으로는 현명한 생각을 하고
사랑과 따뜻한 호흡으로 보살필 것이다.

82. 11. 7.

담배 한 입 물고

싸늘한 공기가 아침을 깨웠다.

홀 청소를 끝내고 방으로 들어와 잠을 자려고 누웠다.

천장을 보게 되었는데

마음 한구석에는 풀리지 않는 매듭이 남았다.

몸을 뒤척거리다가 손에 잡힌 물건이 있었다.

담배였다.

호기심이 발동했다.

누군가 피다 남은 담배 한 개비, 피워볼까?

아니야!

피워서는 절대 안 되지!

갈등이 깊어지는 순간에

나는 벌써 담배를 입에 물었다.

안돼! 정말 안돼! 갈등을 이겨내지 못했다.

불을 담배에 지피는 순간을 지나

한 모금 길게 숨을 들이켰다.

달달할 줄 알았던 담배에서 독한 냄새가 났다.

혀에서 쓴 약을 먹었던 기억이 되살아났다.

수면이 부족했던 피곤에서 벗어나

깊은 잠을 자고 싶었던 것인데

담배에 힘을 빌려보려는 속셈이었는데.

목과 입에서 올라오는 매캐한 냄새 때문에

한동안 머리가 아팠다.

다시는 담배를 물지 않겠다고 다짐했다.

사람 심리란 알다가도 모를 일이다.

친구들은 나를 앞질러

담배를 입에 달고 살지만

나는 평생 친구들과는 다른 세상을 살 것이다.

내 인생에 참된 삶을 꾸준히 믿고 살아갈 것이다.

갈등에 못 이긴 자가 되지 않으리라

자신을 믿는다.

82. 11. 9.

적금통장

나는 끈기가 없는 사람이다.
적금통장 만들어다가도 만기가 되기도 전에
해약하는 일이 자주 있다.
큰 목돈을 만들지 못한 것이 한으로 쌓였다.
비 내리는 아침 공기는 마시며
청량리 상업은행으로 들어갔다.

보통 때와는 달리 이번에는 힘있게 통장을 쥐었다.
기분이 상쾌했다.
이제는 모든 잡념과 군것질을 씻어버리고
오직! 돈만 생각하고 성실히 저축할 생각이다.

세 살 버릇이 여든 살까지 간다는 옛 속담이 있듯이
지금이라도 늦지 않았으니
열심히 저축하고 항상 독서 하는 습관을 기르자는 게

내 마음속 다짐이다.

인생에 있어서 제일 흥미 진진한 건

내 노력으로 큰 성과를 거둘 때가 아닌가 싶다.

앞으로 이 통장에는

성실한 내 노력이 듬뿍 들어있을 것이다.

미래에 나의 고통을

조금 덜어주는 등불이 되리라 믿고

열심히 노력해야 하겠다.

82. 11. 10.

행복한 사람

세상에 제일 행복한 자가 있다면

제일 불행한 자도 있다.

행복한 자와 불행한 자가 따로 있는 것은 아니다.

각자의 깊은 마음속에 있다고 생각한다.

왜! 오늘 이런 생각을 했을까?

디스코텍 홀에서

요란한 춤솜씨로 즐겁게 춤을 추는 DJ 친구를 보고,

행복은 어디에서 오는 걸까?

잠깐 사이 머리를 스쳤다.

풍부한 경제력

언제든 공부할 수 있는 환경이 자유스러운 대학생

그 친구들과 나를 비교한다면,

어떤 차이가 있을까?

항상 피로에 절어 있는 내 모습은 내가 봐도 싫다.

나보다 어려운 환경에서 사는 이가 비교 대상이 된다면

나는 행복한 사람이라고 할까.

이 세상에 부모 없는 사람도 얼마나 많은가?

아마 상상도 할 수 없을 것이다.

나는 부모가 있으며 동생들이 있다.

자신감 있게 나는 행복하다고 말할 수 있다.

내가 불행하다는 생각이 들 때마다

나보다 더 어려운 친구들을 생각하며 스스로 달랜다.

돈만 많이 쥐었다고 행복한 것은 아니다.

요즘은 돈으로 행복을 살 수 있을까?

두렵다.

돈으로 행복을 살 수 있다면 열심히 돈을 벌자.

디스코텍 보관소 속에서 가만히 앉아 있으니

여자친구가 갑자기 생각났다.

"내가 이런 직업을 갖고 있다고 다른 사람으로 보지 말라."

마음속에서 혼자 중얼거려보았다.

82. 11. 12.

서린호텔

청량리 맘모스 디스코 클럽에서 일을 마치고
집에 들어가 샤워를 끝내고 나면 새벽 4시에 잠이 든다.
깊은 잠에 빠지기도 전에 안집에서 전화 받으라는
아주머니 목소리에 가슴이 철렁했다.
동대문 경찰서였다.
경찰서 내 청소년보안과에서 종로지역 주변 청년들에게
직업알선을 해주는 제도가 있다.
서린호텔의 사우나 부서에 자리가 생겼다는 것이다.
나는 좋은 직장을 얻었다는 것이 기뻤고,
또 한편으로는 밤에 일하지 않고
일상으로 돌아왔다는 것에 감사했다.

82. 12. 20.

아빠와 투쟁?

오늘은 서린호텔에 첫 출근 날, 11시에 호텔로 나갔다.

사우나 손님이 벗어놓은 구두를 닦는 일이다.

구두를 닦는 기술은 없지만,

성의껏 신발을 닦으면 된다는 교육을 받았다.

5시에 퇴근한 후

나는 많은 고민을 안고 영등포로 갔다.

아빠가 집 나간 엄마를 찾으러 시골에서 올라오셨다.

아빠는 소리쳤다.

"니 엄마를 찾아내라!"

나는 화가 나서 되받아쳤다.

"그냥 돌아가시오."

그래도 이 골목 저 골목으로 따라다니며

나는 괴로워했다.

얄미운 아빠였다.

아직도 정신을 차리지 못한 인간이라고 욕했다.

속으로는 마음이 무거웠다.

내가 아빠에게 들이댄 것이 잘한 일일까?

나는 힘들고 괴로운 일이 있으면

무조건 잠을 자려는 습관이 있다.

잠자리에 들려는데 편지 한 통이 눈에 띄었다.

속초에서 날아온 여자친구의 편지였다.

이번만큼은 잠자리에 들지 않아도

피로감이 깨끗이 사라졌다.

83. 1. 2.

변장

햇살이 창문을 통해 집안으로 쳐들어오면
잠자리를 박차고 일어나야 한다.
매일 반복되는 내 일상이다.
집으로 날아오는 일일 한문 용지를 받아서 공부하고
서린호텔 사우나 구두 닦는 부서로 출근을 한다.

아침밥을 먹지 않고 출근했기에
11시쯤이면 점심시간이 기다려지며 마음이 즐겁다.
오늘은 대단히 불쾌한 일이 있었다.

점심을 먹으려고 정문으로 들어가는데
호텔직원들이 나를 붙잡았다.
"이봐, 어디 들어가?"
나는 얼떨떨한 채로 제자리에 멈췄다.
얼굴이 빨개졌다.

"이 호텔에 근무하고 있습니다."

내가 말하자

그들은 아무 말을 하지 못했다.

난 내 옷차림을 훑어보고서 웃었다.

83. 3. 15.

가족과 잠자리

요즘 피로감에 힘들었는지
나는 잠자리에서 일어날 줄을 몰랐다.
아빠 기상 소리에 못 이기는 척 눈을 비비며 일어났다.
엄마는 집을 나설 준비를 하고 계셨다.
정릉에 파출부 직장을 얻었다.
영등포에서 출근길은 험난하다.
방이 좁아 아빠는 자식들이 자는 머리 맡 윗목에서
새우잠을 주무신 것이 분명하다.
나는 피로감을 떨치지 못하고,
창신동 집으로 돌아와 미친 듯이 잤다.
앞으로 1년은 가족들과 떨어져서 생활해야 하는 현실이다.
옷을 반듯하게 입고 오후 1시에
고입 검정고시 학원이 있는 종각으로 나갔다.
저녁 4시에는 서린호텔 사우나로 출근을 한다.

83. 3. 25.

내 원수는 아빠다

어제 저녁에 일어났던 일은

다시는 일어나선 안 되는 사건이었다.

성숙한 아들과 아빠 사이 불행의 원인은 아빠 술 때문이다.

나는 아빠에게 거침없이 높은 목청으로

야, 새끼야!!

소리치며 내 머리통을 아빠 배 밑으로 밀어넣었다.

왜! 자식은 아빠를 죽이고 싶도록 미워했을까?

밤새 잠을 설친 것은 어린 동생들과 엄마였다.

엄마는 아빠에게 쓴소리 한 번 못한다.

아빠가 하늘이요, 가정의 기둥이라고 생각하는가 보다.

먹먹한 기분으로 집을 나와서 학원에 갔다가

수업을 마치고 직장으로 왔다.

오늘은 퇴근하지 않고,

사우나 안의 구석진 빈 곳을 찾아 새우잠을 잘 것이다.

83. 5. 10.

세상이 싫어

세상이 싫다.

죽고 싶도록 싫다.

왜 난 이렇게 복잡한 가정에서 평화를 찾기 어려운가?

아빠 때문일 것이다.

세상은 얄밉다.

거나하게 취한 아빠를 대할 때,

난 괴롭고 슬프다.

나를 낳아주신 아빠를 죽일 수도 없고

난, 이대로 삶을 이어가야 하나?

83. 6. 1.

엄마 권유

종로에서 학원수업을 마치고

오랜만에 부모님이 계시는 영등포 집을 찾았다.

지난번 아빠와 언성을 높이고 좋지 않은 감정 때문에

아빠 얼굴을 쳐다볼 수가 없었고 어색했다.

큰아들 손목을 잡고,

아빠 곁으로 이끌었던 엄마 때문에

나는 아빠에게 미안하다는 말을 겨우 힘겹게 꺼냈다.

우리 집에 한동안 평화가 찾아왔다.

83. 6. 6.

여자친구들과 잤다

내 몸집보다 큰 여자친구 허벅지가 내 배 위에
철퍼덕, 내려앉은 순간 잠에서 깼다.
새벽이었고 밖에는 비가 많이 내렸다.
침침한 방안에는
덩치가 산만 한 중학교 여자친구들이
형편없는 모양새로 떼거지로 잠들어 있었다.
남자는 나 혼자였다.
나보다 키가 큰 여자친구들이라 겁을 먹었다.
여자친구 몸을 혼자 건든다는 것은
엄두가 나지 않았다.
어제 저녁에 3명의 친구들과 술을 마시고,
신당동에 있는 여자친구 집으로 몰려간 것이 문제였다.
나는 어둠 속에서 주섬주섬 옷을 입고,
간다는 쪽지를 남기고
방문을 살며시 열고

밖으로 겨우 빠져나왔다.

택시를 타고 직장인 서린호텔 사우나로 들어갔다.

직원 휴게실에서 쪼그리고 누워서

부족한 잠을 보충했다.

83. 6. 12.

아빠가 장사를?

며칠 전에 머리를 파마한 것이 마음에 걸렸다.

마음에 들지 않았다는 뜻이다.

늦은 아침 식사를 마치고 방안에서 서성거리고 있었다.

아빠가 갑자기 나를 불렀다.

돈이 필요하다며 두 손으로 빌다시피 사정하셨다.

장사를 해보겠다는 것이다.

난 무조건 반대했다.

아빠에게는 아직 믿음이 전혀 없다.

가족 간에 믿음이 없다는 것은

큰 불행이라고 생각한다.

어떻게 하면 행복한 집안을 가꿀 수 있을까?

고민이 된 하루였다.

83. 7. 21.

독서실

집에서 밥상을 끌어안고 공부하다가
창신동에 있는 독서실로 자리를 잡았다.
검정고시를 준비하는 것에도 도움이 되고
회사에서 점심과 저녁을 해결하고
나머지 시간에는 공부하겠다는 의지였다.
나는 적은 월급에 늘 생활비가 부족했다.
은행에서 일만 원을 찾았다.
일만 원을 가지고 계획을 세웠다.
달걀과 우유, 빵을 사서 아침을 때우고
나머지는 한 달 차비로 사용할 생각이다.
돈을 벌기 위해서는 어떻게 해야 할까
구두쇠가 되지 않고서는
큰돈을 벌지 못하리라 생각해본다.

83. 8. 1.

**82,83년,에는 야학 중학교를 졸업하고,

방황하는 시기에 청량리 유흥업소에서 일했다

그 과정에서도 나는 꾸준히 검정고시를 보기 위해

1년에 두 번 시험장에 나갔다.

불안정한 시기를 보낸 젊은 시절을 지금 생각해도 안쓰럽다.

제5장 1984년

아버지

동생들 월급

싸늘한 추위 때문에 몸이 둔하고, 의욕이 없다.

오늘은 돈에 관한 절실한 생각을 했다.

남동생들이 타온 월급이 내 손에 들어왔다.

내 월급이 아니라서 사용하기가 겁이 났다.

돈을 보면 저축을 먼저 해야 한다고 생각은 하지만,

우선은 먹고 살아야 하니까

은행으로 달려가기엔 쉽지가 않다.

쌀, 우유, 설탕, 휴지, 간장, 기름, 양말, 고무장갑, 연탄

등을 욕심껏 사고 보니,

일천 원 한 장이 손에 남았다.

정말 돈이 무서웠다.

84. 1. 18.

구두닦기 1년째

어디선가 요란한 소방차 소리가 들렸다.

아마, 주변에 큰불이 난 것으로 보인다.

청계천 4가에서 불이 난 것이 분명하다.

날씨도 추운데 불조심해야겠다는 생각이

머릿속에서 떠나지 않았다.

서린호텔 사우나에서 구두를 닦은 지도 1년이 넘었다.

나는 꾸준히 반복되는 일을 해왔다.

이제는 생각이 달라졌다.

구두를 닦는 일을 한다면

사람 대우도 받지 못할 것 같고

항상 죄지은 사람처럼 내 얼굴빛이 어둡다.

다른 직업을 알아보고

내 생활에 변화를 주고 싶었다.

84. 1. 27.

억울하거든

하루 시작이 불안했다.

내가 을지로 2가에 있는 작은 사무실에

일자리를 얻어 근무한 지 오늘이 3개월 째다.

내 업무는 주문들어온 상패를 가지고

버스나 택시를 타고 배달하는 임무다.

사장님께서 내 글씨를 유심히 보다가

글씨가 엉망이니 성격개조가 어쩌고, 저쩌고

하나부터 열까지 나열하며 언성을 높였다.

내 자존심은 없었다.

이런 곳에서 학력까지 들먹이는 것은 처음이다.

시간이 흐를수록 가슴에 아픈 상처만 생겼다.

억울하거든 출세하라는 말이 생각난다.

배운 것 없이 쉽게 뛰어든

사회가 마음을 무겁게 한다.

84. 6. 14.

일자리 있나요?

나는 혹시나 하고 종로거리를 이 잡듯이

다방 호프집 출입문을 기웃거렸다.

집이 창신동이라 종로에는 일자리가 없는 것이 아쉬웠다.

청량리 방향으로 나섰다.

어느 다방에 문을 빼꼼히 열고 물었다.

"혹시 종업원 쓰시나요?"

껌을 씹던 직원은 "경험 있어요?"했다.

"없는데요"

"그럼 경험 쌓이면 와요"

이것으로 면담은 끝이다.

84. 7. 17.

증권거래소 관광회관 나이트클럽

정신적 고통을 시험하는 나날이 요즘이다.

나는 새벽 5시에 꼭 일어나야만 한다.

서둘러 빵과 우유로 배를 채우고,

창신동 언덕에서부터 뛰어 내려가야 한다.

여의도 증권거래소 건물 안이 내가 일하는 곳이다.

나는 지하 1층 구석 계단 밑으로 들어가서 자리를 잡는다.

이곳에서 구두약 냄새와 매캐한 지하 냄새가 특징이다.

양손으로 구두 30컬레를 잡을 수 있는 도구를 들고,

사무실로 올라간다.

오늘 닦아야 하는 구두를 선별해서 집는다.

이곳에서는 빠르게 몸을 움직이는 것이 특기다.

구두를 닦는 이는 3명이다.

한 사람은 오직 구두만 닦고,

나머지 두 명은 사무실을 찾아 책상 밑에 놓으면 된다.

서로 손발이 잘 맞으면 힘들지 않고 재미가 있으나

그렇지 않으면 미친다.

나는 오후 4시에 거래소에서 나왔다.

여의도에서 버스를 타고 종로 6가에서 내렸다.

저녁에는 동대문관광회관 나이트클럽에서 일을 한다.

그곳은 6시에 영업이 시작된다.

나는 나이트클럽에서 제공하는 저녁을 먹고

낡고 허름한 엘리베이터의 버튼 앞이 내 일자리이다.

84. 9. 14.

동숭동 시민아파트

나는 창신동에서 혼자 살고 있다.
부모님과 어린 여동생들은 영등포 쪽방에서 생활한다.
가족들을 가까운 곳에 전세라도 얻어
생활할 수 있도록 하는 것을 목표로 삼았다.
시간이 남으면
동숭동, 창신동, 숭인동으로 복덕방을 찾아다녔다.

어느 할아버지가 있는 복덕방에서
내가 원하는 방을 찾았다.
동숭동 시민아파트였다.
방 하나에 현관 입구에는 연탄을 지피는 부엌이 있고,
화장실은 건물 밖에 있는 공동화장실을 사용한다.
나는 가족들이 모여 산다는 그 자체가 중요했다.
문제는 돈이었다.
보증금 중에 50만 원이 수중에 없다.

3일 안으로 준비를 해야 한다.

고민하고 있던 차에 아빠가 45,000원을 주셨다.

나는 이것만으로도 충분히 아빠를 존경할 만했다.

시간이 갈수록 부족한 보증금 때문에 나는 속이 탔다.

오늘 오후 3시까지 돈을 마련해야 한다.

복덕방에서는 돈이 언제 되느냐?

물으면 나는 죄인이 된다.

나는 가족들이 한데 뭉쳐서 살아야 할 공간이기 때문에

시간을 좀 달라며 한 발짝도 물러서지 않고 빌었다.

덕분에 하루를 연장할 수 있었다.

구두를 닦는 일터에서 어렵게 돈을 빌렸다.

이제 아파트로 이사를 할 수 있게 되었다.

84. 9. 28

군고구마

몇 개월 전부터 군고구마 장사를 하겠다고,
친구들에게 알렸다.
경동시장에서 고구마 1상자를 4천 원에 샀고
고구마 통과 니아카는
중앙시장에서 3만 7천 원에 샀다.

동대문 감리교회 입구에 턱 벌려놓았다.
주변에 텃세가 세다는 소문을 들었기에
누구도 넘볼 수 없는 자리임을
주변 상인들에게 알리는 선전포고였다.

나는 믿는 구석이 하나 있었다.
교회에서 2년 동안 야학을 다녔다는 이유를 내세웠다.
고구마를 통에 넣고 불을 지폈지만
나는 눈을 어디에 둬야 할지 난감했다.

검정 모자를 뒤집어쓰기는 했어도

나를 아는 사람들이 볼까 봐 내 몸동작은 어색하였다.

지나가는 사람들이 말하는 소리가 들렸다.

"어! 벌써 고구마가 나왔네?"

낮에는 여의도 증권건물에서 구두를 닦고,

야간에는 이곳에서 군고구마 장사를 하는 것이

나에게는 색다른 도전이었다.

오늘은 첫 장사라 얼떨결에 무조건 싸게 팔았다.

나중에 손 계산을 해보았다.

순수 이익금은 오천백 원이었다.

84. 9. 30

군고구마 사세요!

오늘은 용산시장으로 가서

고구마 2박스를 샀다.

양손에 들기에는 손목이 힘들었다.

고개를 숙이고 "군고구마 사세요!"를 반복했다.

시원하게 소리를 내지르지는 못했다.

그런데 어느 낯선 아저씨가 내 앞을 가로막았다.

다짜고짜 군고구마 통과 나머지 고구마를

당장 팔라고 했다.

장사에 재미도 보기도 전에, 흥정이 들어온 셈이다.

생각을 깊이 하지 않고 7만 원을 받고 넘겼다.

다시 중앙시장에 들어가서

고구마 통을 사면 된다는 생각을 했다.

나는 장사에 수단이 좋은 것이라는 생각에 신이 났다.

84. 10. 20

자리

오늘은 오후에 중앙시장으로 들어가서
니어카 고구마 통을 샀다.
힘겹게 고구마 통을 끌고 동대문으로 왔는데
그 자리에 낯익은 니어카 통이 보였다.
나는 고구마 통을 팔았지
장사하는 자리까지 판 것은 아니었다.

84. 10. 30

작은 간판

오전에 여의도에서 구두 닦는 일을 마치고
오후에 장사하는 자리로 갔다.

내일부터 내가 이곳에서 장사하겠으니
자리를 비워달라고 부탁했다.
의외로 아저씨는 선선히 자리를 비우겠다고 했다.

나는 집으로 돌아가서 창호지로 작은 간판을 만들었다.
주말이면 친구들과 단풍놀이도 가고,
디스코텍에서 놀고 있을 나이에
묵묵히 니어카 고구마 통을 이끌고 자리를 잡았다.

은근히 옆의 신문 가판대 아줌마 눈치를 봤다.
가슴이 두근거렸고 불안했다.

84. 11. 1

술 생각이 났다

세상에 태어나 처음으로

맞춤 콤비를 의젓하게 걸치고

구두를 닦는 현장으로 출근했다.

어쩐지 조금 낯설고 어울리지 않는다는 생각을 했다.

퇴근 후 동대문으로 가서

고구마 장사를 마치자 자정이 넘었다.

나도 사람이자 남자다.

어찌 여자를 싫어하겠는가?

너무 들뜬 마음에 집으로 돌아오는 길에

술 생각이 났다.

화려한 토요일 밤거리가 나를 유혹했다.

여자와 고독하게 술을 마시고 싶었지만

나는 내가 나의 형편을 잘 알기에 참아야 했다.

84. 12. 15

아빠 술 때문일까? 가난 때문일까?

새벽에 눈이 소복이 쌓였다.

용산시장으로 고구마를 사러 나갔다.

모든 것이 고생스러웠다.

마음이 불안했는지 세상사가 재미가 없고

꿈도 희망도 오늘은 없었다.

어제와 마찬가지로 동생에게 군고구마 장사를 떠맡기고,

집에 돌아와 오직 잠을 위해 태어난 인간처럼 잠을 잤다.

아빠는 오랜만에 만취하여 집으로 돌아왔다.

나는 그런 아빠와 치고받고 싸웠다.

아들이 아빠를 때릴 수 있을까?

내 손끝을 스친 아빠 얼굴은 형편없었다.

내가 너무 초라했고, 큰 죄를 지은 마음을 가졌다.

아들과 아버지 간의 불행은 아빠 술 때문일까?

아니면 가난 때문일까? 나에게는 큰 의문이었다.

84. 12 18.

영원히 깨어나고 싶지 않은 아침

잠에서 영원히 깨어나고 싶지 않은 아침이다.

나는 왜! 이렇게 복잡하게 살아야만 하는가?

생각이 깊어질수록 피로하고 괴로웠다.

지식도 돈도 없는 알거지이고,

앞으로 성공을 한다는 보장도 없다.

조용한 곳에서 자살하고 싶은 욕구가

발끝에서 머리끝까지 치고 올라왔다.

84. 12. 26.

** 84년은 몇 개월 동안 3시간을 자고

밤, 낮으로 일을 했던 시절에

세상을 나 혼자 사는 사람처럼,

치열하게 살았다.

증권거래소에서 구두를 닦고,

저녁에는 관광 나이트에서 새벽 2시까지

엘리베이터 입구에서 안내를 맡았다.

나는 늘 잠이 부족했다.

잠이 부족하면 기억력에 문제가 있다는 것을 알았다.

제6장 1985년

아버지

욕심이 생긴다

여의도 증권거래소에서 구두를 닦는 일도
오늘이 마지막이다.

몹시 고달픈 가운데 성장한 나날이었다.
잠이 부족해서 짜증도 많았고 외로움도 탔다.
집으로 돌아오는 길에
용산시장에 들러 저녁에 장사할 고구마를 샀다.

시간이 갈수록 겨울답게 춥다.
나는 새벽 1시까지 고구마 통을 지켰다.
오늘 판매 금액은 23,000원이다.
욕심이 생긴다.

85. 1. 12

아빠는 우리 가족들의 방해꾼이 될 뿐

일자리가 없는 나는
오늘 어떤 하루가 펼쳐질지 궁금했다.
이른 아침에 목적지도 없이 집을 나섰다.
어디로 발길을 돌릴까?

생각 끝에 청량리에서 친구와 커피를 마시고 나왔다.
나는 청량리에서부터
종로, 세종로, 광화문, 덕수궁, 동방플라자, 남대문시장을
거쳐서 새로나, 미도파를 지나 롯데쇼핑 주변을 걸었다.
열심히 걸었지만 특별히 좋은 생각은 얻어지지 않았다.

아빠는 며칠 동안 군고구마 장사를 하셨다.
내 가슴만 무겁게 했다.
술만 드셨다 하면 고모 집에서 이유도 없이 싸우고
집에 들어오시면 이 세상 사람이 아닌 양

실없는 인간으로 변한다.
술기운으로 반복되는 말이 길어지고
새벽 3시가 넘어서야 겨우 잠든 모습을 본다.
졸린 눈으로 옆에서 지켜보는 나는

지금 이 상황과 심정을 어떻게 표현해야 할지,
난감하기만 하다.
곁에 칼자루나 독약이라도 눈에 띈다면
저 세상 사람으로 만들고 싶을 지경이다.
내 진심에서 우러나온 생각이었다.

아빠는 우리 가족들의 방해꾼이 될 뿐,
다른 큰 의미는 없다.

85. 1. 21.

혹시 웨이터 보조를 구하십니까?

나는 좋은 생각이 나서
공중전화 박스 속으로 들어가 전화번호 책자를 들었다.
타워호텔 카바레 전화번호를 찾았다.
어느 당직자가 전화를 받았다.
"혹시 웨이터 보조를 구하십니까?"
내 문의에 당직자는 당황하는 기색이 없었지만,
나는 당황했다.
이렇게 빠르게 진행이 될지 몰랐기 때문이다.

나는 카바레 안으로 들어갔다.
일부 직원들이 홀에서 청소하고 있었고
술집 경험이 있다고 큰소리를 쳤지만,
마음이 불안하니 행동에도 어색한 티가 곳곳에서 났다.
카바레 가운을 입고 일이 시작되었다.

손님에게 반복해서 물어보기도 하고
계산도 끝나지 않은 테이블에 깨끗이 치우기도 했다.
손님이나 나나 서로 어이없긴 마찬가지였다.

첫날 팁으로 일천 원을 받았다.
새 직장이 생겼으니 열심히 살아야겠다.

85. 2. 7.

내 생일

23살, 내 생일이다.

주말이라 카바레 손님들이 평소보다는 북적거렸다.

나는 내가 담당하는 테이블 옆에

반듯하게 서서 두 손을 배꼽 앞에 모으고

앞을 주시하고 있었다.

갑자기 생일축하 노래가 울려 퍼졌다.

손님 테이블에 조명이 켜지고,

샴페인 거품이 천장으로 치솟았다.

홀에 손님들 박수 소리가 한동안 요란하게 울렸다.

나는 언제 이런 생일파티를 해 보나? 생각하다가,

생각을 바꿔 오늘이 내 생일 파티라고 생각하기로 했다.

팁 오천 원을 받았다.

생일 축하파티 손님들이 테이블에 남긴 케이크는

웨이터 보조들의 몫이었다.

85. 2. 16.

합격

머칠 전, 방송통신고등학교에 원서를 제출하고
오늘은 입학자격 명단을 보러 경복고등학교에 갔다.
예상했던 대로 합격이었다.
잘 하면 방통대도 갈 수 있다는 생각을 했다.

막내 여동생 초등학교 입학식이 있었고
막내 남동생도 고려학원에 입학했다.

이젠 우리 가족들은 일터에 있거나,
맡은 일에 최선을 다하고 있다는 것에
장남으로서 나는 기분이 좋았다.
나 역시 열심히 공부하며
일터에서도 최선을 다할 것이다.

85. 3. 4.

목걸이

새 한 쌍을 손에 쥐었다가 놓친 요상한 꿈에서 깨었다.
오늘은 당직을 맡은 날이라 일찍 출근했다.
당직자 책상 위에 요란한 전화벨이 울렸다.
카바레에서 채용한 댄서 아가씨였다.

어제 홀에서 아가씨들끼리
심하게 싸움을 했던 것이 생생하게 기억났다.
싸우는 과정에서 금목걸이를 잃어버렸는데,
혹시 청소 중에 찾으면 잘 보관해 달라는 전화였다.
나는 전화를 끊고 그들이 싸웠던 홀 주변을 살폈다.
조명 빛에 반짝이는 목걸이를 쉽게 찾을 수 있었다.

손에 쥔 금목걸이가
누구의 것인지를 알면서도 욕심이 났다.
가쁜 숨을 허덕이며 찾아온 아가씨에게

목걸이를 내주었다.

그녀는 5천 원을 주머니 속에 찔러 주면서

이렇게 속삭였다.

"손님 받을 때 팁 많이 받도록 신경 써줄게."

카바레 웨이터 보조에게는 제일 듣기 좋은 말이었다.

홀에서 아가씨의 말 한마디에

보조는 그날의 주머니 사정에 많은 차이가 난다.

그것을 알고 있기에 속으로는 신이 났다.

85. 3. 5.

팁 12,000원

나는 자주 계획을 세우는 습관이 있다.
이번에는 영어, 일어, 한문, 생활상식을
책상에 붙이고 열심히 한다고 하지만
피로감과 졸음 때문에 좋은 성과는 못 낸다.

내가 타워호텔 카바레에서
웨이터 보조 생활을 한지도 벌써 한 달이 됐다.
우리나라 유흥업소에서 보조에게 월급주는 곳은 없기에,
이곳은 매력 있는 직장이다.

오늘은 월급을 받는 날이다.
생각했던 것보다 월급이 적었다.
내가 다른 보조들보다 일을 잘못해서 그럴까?

빈 쟁반도 들어본 경험이 없는 내가

무슨 용기를 내서 이곳까지 왔는지 나도 잘 모른다.

웨이터들을 보면 무섭기도 하고 미안한 생각이 든다.
혹시 손님에게 실수라도 할까 봐
겁먹는 표정을 자주 연출하기도 한다.

오늘은 팁 12,000원을 받았다.

85. 3. 7.

어린 여동생들이 떠올라

월급 183,000원을 받았다.
예전 광장시장에서 원단파는 점원 생활을 했을 때
월 8만 원을 받았다.
세상은 참 불공평하다.

오늘은 보조들끼리 회식이 있는 날이다.
영업이 끝나고,
웨이터 보조들과 오랜만에 한자리에 뭉쳤다.
나는 며칠 전에 포경수술을 했기에
술은 마시지 못하고 안주로 나온 족발에 손이 자주 갔다.
보조들의 숫자가 12명이다.

1차는 이태원에서 소주를 마시고,
새벽 3시에 2차는 미아리 방석집으로 갔다.
사람 숫자에 따라 술상이 나오고

긴 테이블에 양쪽으로 양반다리를 하고 앉으면

마담 호령에 따라

아가씨들이 줄지어 순서대로 보조들 옆에 끼여 앉는다.

나는 숫기도 없고 대담한 용기가 없어서

아가씨 눈치를 살피는 중이고

다른 친구들은 아가씨 몸을 만지작거리며

바쁜 손놀림에 얼굴색도 활짝 피었지만,

내 얼굴은 괜히 화끈거렸다.

나는 괜히 어린 여동생들이 떠올라

밝은 표정을 내지는 못했다.

85. 4. 4.

방송통신고등학교를 자퇴했다

요즘 내 삶의 진로를 진지하게 생각하고 있다.
경복통신 고등학교에 다니고 있지만,
내 인내심이 끝자락까지 왔다.

주말에 학교에 가서 강의를 듣는 것도 힘들고,
영업시간에 맞춰 밖으로 나와
방송을 청취하는 것도 고역 중의 고역이다.
나는 결단을 내렸고 방송통신고등학교를 자퇴했다.

난 패배자가 된 느낌을 받았으며
큰 짐을 내려놓은 듯, 한편으로는 마음이 가벼워졌다.
하지만 이제 대학 문턱에도 가보지 못하는 건 아닌가?
불안감도 있다.

85. 4. 13.

누구로부터도 존경받지 못하는 사람

집안이 어수선하다.

아빠가 방안에 누워 꼼짝하지 못한다.

허리에 문제가 생겼다.

아빠 머리맡에 담배와 소주병 풍경은 낯설지 않다.

불편한 아빠 모습이 남처럼 보인다.

누구로부터도 존경받지 못하는 사람이기 때문이다.

움직이지 못하는 아빠를 지켜보고 있으면,

지난날의 일들이 생각나고 얄미워 보인다.

나이 40이면 얼굴에 책임질 삶이라 했다.

오후에 출근했다.

홀 청소를 마치고

남산으로 웨이터 보조들과 산책길에 나섰다.

봄 날씨가 포근했다.

85. 4. 15.

기술과 관련 있는 전문성

오늘은 대리 당직을 맡았다.

무엇인가?

발전성 있는 계획이 없을까?

하고 생각을 했을 때

문득 전문화된 직업을

가져봐야겠다는 생각이 떠올랐다.

기술과 관련 있는 전문성.

나는 취미도 특별한 기술도 없어 부끄럽고 창피하다.

무능력자는 사회에서 요즘에는 대접받기가 힘들다.

글을 짓는 문인, 악기를 다루는 사람,

나는 무엇을 선택해야 하나?

한 가지만 열심히 하면,

그 직업에 전문이 된다면

세상의 길은 밝고

평생 삶이 평온할 덴데.

현실적으로 나와 가장 가까운 친구는 책이다.

당연히 문인을 생각하지 않을 수 없다.

전문화된 직업은 세상 어디를 가도

써먹을 수 있다는 생각을 잠시 했다.

85. 4. 19.

떳떳한 마음가짐

카바레에서 홀 청소를 마치고 나면

보조들끼리 잡담을 하는 시간이 늘 있다.

하루에 홀 안에서 있던 이야기가 소재가 대부분이다.

손님에게 받은 팁 이야기가 나는 제일 재미가 있다.

그런데 오늘은 어느 친구가

직업에 귀천이 있느냐? 없느냐?

이런 문제를 말했고 논쟁이 붙었다.

어떠한 직업을 가지고 일을 해도

결국에는 잘 살면 귀천이 없고

힘들게 살면 귀천이 있다, 라고 다수가 입을 모았다.

설득이 되기도 하면서도 나는 이해가 잘 되지 않았다.

어떤 직업을 선택하든 잘살고 못살고를 떠나

떳떳한 마음가짐이라면,

직업에 귀천이 없다는 것으로 나는 생각했다.

85. 4. 22.

인맥

나는 운전 실기를 배우겠다는 계획을 세웠다.
타워호텔에서 가까운 운전학원을 찾았다.
강남 신사동에 있는 학원에 접수했다.

운전 실기를 열심히 배우고 있는데,
강사 중에 낯설지 않은 한 친구가 눈에 띄었다.
이름도 모르고 어디서 봤는지조차 모르지만
서로 웃으며 인사는 했다.
한참 후에 친구의 친구라는 것을 알았다.
이곳에서 긴장감 없이 운전을 배울 수 있다는 것에
마음이 조금은 편했다.

순간, 사회생활에선
인맥이 대단히 중요하다는 것을 실감했다.

85. 4. 25.

가정환경

사람은 환경에 따라 성격과 인격
그리고 인상마저 달라진다.
경제적 여유가 있고 화목한 집안에서 자란 사람이라면
여유를 즐기겠지만,
나는 가정환경부터가 탈선하기에 쉬운 상황이었다.

아빠와 전혀 맞지 않은 성격이고
우리 부자는 날마다 투덜거리며 서로 심기가 불편하다.

이렇게 복잡하게 사는 것도 나름대로는 억울하고
세상이 어둡게 보인다.
참는 습관을 훈련해도 내 뜻대로
되는 것은 하나도 없다.

85. 5. 1.

어린이날

오랜만에 둘째 남동생을 제외한 우리 가족은
5평 남짓한 공간에 모였다.
텔레비전에서는 어린이 경축행사가
떠들썩하게 진행되고 있었고
내 여동생 셋은
어린이날이라는 뜻을 잘 모르는 듯 조용하다.

큰오빠로서 동생들을 아끼고 사랑한다면
과자 상자라도 품 안에 안겨주고 싶은데,
나는 슬그머니 집을 도망치듯 빠져나왔다.

85. 5. 5.

자존감

오늘 나에게는 어이없는 사건이 터졌다.
홀에서 영업준비를 한창 하고 있던 와중에
구내식당 주인이 내 곁으로 성큼 다가와 화를 냈다.

무슨 일이냐고 따지기도 전에,
내 뺨으로 넓적한 손바닥이 올라왔다.
순간적으로 당황해서 그 자리에 얼어붙었다.

나는 짧은 순간에 어떻게 대처해야 할지 고민했다.
침착해야 하며
말과 행동에도 조심해야 한다는 생각을 했고
이유도 없이 맞았다고

다짜고짜 덤벼서도 안 된다고 생각했다.

침착한 젊은이로 변해야 했고 일단 참아야 했다.

덤비지 않고 그 자리에서 움직이지도 않았다.

다만 내가 하지 않았고,
며칠 전에 보조 직원이 퇴사하면서 라면을 먹고
외상 장부에 내 이름을 기록했다는 걸 설명했다.

세상에 말로 되지 않는 일이 있을까?
억울하게 당했다고 생각하니 울화가 치밀었고,
자신이 어떻게 대처를 해야 할지 몰라 화가 났다.

오늘처럼, 자존감이 떨어진 적은 없었다.

85. 5. 13.

내 핏줄로 이어져 있는 아빠라고

3남 3녀의 아이를 둔 50대 가장이라면
책임감과 경제력은 기본 바탕이라고 생각한다.
내 아빠를 떠올려보면 한숨이 절로 터진다.
우리 가정의 과거를 뒤돌아보면
아빠는 그 얼마나 많은 고통을
가족들에게 심어주었는지
남들은 상상하지 못할 것이다.

어린 동생들은 잘 몰라도,
늘 홀로서기에 안간힘을 다했고
강제로 일찍 철이 들어버린 나는
혼자라서 힘들었다.

내 아빠는 평생을 술과 담배를 절제하지 못했고,
놀음과 잦은 이사로 살림은 남아 있는 것이 없다.

자식들은 비좁은 방 안에 우글거렸고,

가정교육은 우리 가족들에게는 허상이었다.

나는 방 하나를 차지하고 누워계시는 아빠를

위에서 내려다보며 어서 빨리 죽기를

우리 가정에도 평화가 찾아오기를 바랬다.

나에게 불효자식이라고 꼬리표 백 개를 달아도 좋다.

생각은 무섭게 했지만,

내 핏줄로 이어져 있는 아빠라고

살아계실 때 비디오로 모습을 담아볼까?

하는 생각을 잠깐 했다.

선뜻 마음에 내키지는 않았다.

85. 5. 29.

아빠는 혼자 시골로 내려가셨다

아빠는 고향 친구들과 친척분들을
만나고 싶다는 의지가 확고해서
불편한 몸을 이끌고 혼자 시골로 내려가셨다.

우리 가족들은 잠시 해방이 되었다.
방 안에 술 담배가 한순간에 사라졌다는 것이 신기했다.
나는 마음이 편해졌고 집에서 책과 놀다가 출근했다.
출근길 하늘에는 공기가 달콤했고
기분이 좋은 주말이었다.

카바레 홀에서 일하면서 이런 기분 좋은 생각을 했다.
만약 아빠가 영원히 집으로 돌아오지 않는다면
어떤 생각이 들까?

조금은 허전한 생각이 들 것이고

시간이 흐를수록 보고 싶은 마음이 들지 않을까?

나는 또 다른 생각이 번개처럼 떠올랐다.
시골에서 올라오시면
시간이 허락하는 대로 다방에도 가보고
생맥주 집에서 적당히 술도 마시며
오락실도 가보고 쇼핑도 하고,
내가 다니는 카바레 구경도 시켜드려볼까.
그러면 얼마나 좋아하실까?

85. 6. 29.

희망은 아직도 차갑게 식지는 않았다

아빠는 고향을 둘러보고 올라오셔서
다시 자리에 누워계셨다.
친척들 이야기를 꺼내셨다.
어느 조카가 광주의 유명대학에 다닌다는 말이
내 귀에는 괜히 거슬렸고 질투가 났다.

우리 가족이라고 대학에 못 들어갈 법은 없다.
나는 대학에 들어갈 목적으로
통신 고등학교를 지원했으나
끈기와 인내심이 없어선지 일찍 손을 들었다.

틈틈이 책을 읽고 인내심을 기르고 있어서
내 희망은 아직도 차갑게 식지는 않았다고 생각한다.

눈물

오늘만큼 불안하고 초라한 날이
올 줄은 꿈에도 몰랐다.
더럽게 운이 없는 사건이 터졌다.

평일보다는 금요일에 카바레 손님들이 많이 몰려온다.
바쁜 일정이 되겠다는 각오를 하고
원탁 위에 재떨이를 자주 비우고
빈 양주병과 테이블 정리는
빠른 손놀림으로 순식간에 정리정돈이 된다.

나는 테이블에 남은 술과 안주를 치우고
테이블을 깨끗이 정리를 했다.
그런데 조금 후에 손님이 뜬금없이 나타났다.
다른 테이블에서 있다가 제자리를 찾아온 것이다.
계산도 끝나지 않는 상에 술상을 치운 셈이고

손님은 가만히 있지 않았다.

담당 웨이터는 뒷문으로 나를 끌고 나가더니
사정없이 내 뺨을 때렸다.

아파서 나온 눈물이 아니었다.
내가 하도 못나고 눈치가 없어서
아무것도 가진 것 없이 살아있는 자체가 싫고
내가 미워서 나온 눈물이었다.

85. 7. 12.

다짐

나는 며칠 전에 가족들과 떨어졌다.

창신동으로 나 홀로 이사를 했기 때문이다.

부모님이 계시는 동숭동 시민아파트를 찾아갔다.

집안이 어수선했고 아빠는 방안에 누워계셨다.

아빠 주변에는 아무도 없었다.

뼈만 앙상하게 남아 있고

눈 한쪽에는 검은 눈동자가 약간 위쪽으로 쏠려 있었다.

아빠도 이제는 별수 없구나!

묘한 감정이 내 마음을 흔들어 놓았다.

나는 늘 불효자처럼

아빠가 세상을 빨리 떠나기를 빌었지만,

오늘만큼은 아빠 모습이 불쌍해 보였다.

젊어서 좋은 열매를 거두지 못하면

늙어 썩어빠진 과일 맛을 볼 수도 있다는 생각이 들었다.

난 아빠를 반면교사로

결코 가족들에게 피해를 주는 어른이

되지 않겠다고 다짐했다.

85. 10. 19.

아버지는 위중하시다

효자라는 말을 듣지는 못해도,
죄가 얄미워도
나를 낳은 아빠를 미워할 수 있겠는가?

방에 홀로 남아 투병 중인 아빠에게
우유를 사다 드렸다.
마음 같아서는
영양가 높은 소고기라도 대접하고 싶었지만
내 경제 사정이 그렇지 못하다.

아버지는 언제 훌쩍 떠나실지 모를 만큼
위중하시다.

85. 10. 24.

막막하다

오후에 직장으로 출근하기 전에
아빠가 계시는 집을 방문했다.

어머니는 이른 새벽에 광장시장으로 일 나가시고
어린 동생들은 집안에 없었다.

두꺼운 이불 속에
송장처럼 싸여 있는 아빠는
눈도 뜨지 못하고 말도 못했다.
겨우 숨만 힘겹게 내쉴 뿐이다.

방안에는 지독한 송장 냄새가 가득 찼다.
아빠에게 손 한번 내밀어 잡아보지 못하고
어두운 방에서 나왔다.

나는 모아둔 돈이 없다.

지금이라도 돌아가신다면

어떻게 장례를 치러야 할지 막막하다.

나를 낳고 길러주신 것에 감사는 하나….

아빠를 만날 수 없는 먼 곳으로 보낸다는 것에

내 감정이 복잡하다.

어머니가 교회를 열심히 다니신 덕분에

교회에서 도움을 받기로 했다고 한다.

내 마음이 조금은 편해졌다.

85. 11. 1.

아버지 죽다

새벽 2시 30분, 문밖에서 요란한 소리가 났다.
문짝이 흔들릴 정도였다.
어머니가 부르는 소리였다.
깜짝 놀라 일어나는 순간,
아버지가 위독하시다는 것을 직감했다.

어머니는 두 팔을 휘저으며 앞장서서 뛰다시피 걸었다.
뒤따라 어둠을 타고 창신동 성곽을 지나
동숭동 시민아파트로 달렸다.

온 가족이 방안에 둘러앉았고
아버지의 숨소리는 더 거칠어졌다.

딸꾹, 딸꾹, 딸꾹,
한숨을 길게 토해 내고는

더는 숨을 들여 마시지 않았다.

감기지 않은 눈에서 흘러나온 맑은 눈물이
아버지 볼을 타고 흘러내렸다.

어머니는 아버지 눈꺼풀을 조심스레 쓸어내렸다.
"어린 자식들 걱정은 말고 편히 가소."
말을 마친 어머니는 통곡하셨다.

가족을 평생 긴장하게 했던 아버지의 50년 삶이
막을 내린 순간이었다.
새벽 3시 5분이었다.

불행하게도 불행하게도
나는 이 순간을 기다렸다.

아버지가 돌아가셨다는 사실이
두려운 것이 아니었고 슬픈 것도 아니었다.

다만, 내 주머니에 돈이 없다는 것이
더 비참하고 무섭고 서글펐다.

넋을 놓고 있는 어머니와
겁에 질린 어린 동생들이 눈에 들어왔다.
어떻게 절차를 밟아야 하는지
어떻게 장례식을 치러야 하는지 눈앞이 캄캄했다.

날이 밝자 어머니는 교회*로 전화하셨고
곧 교회 신도님들이 집으로 오셨다.
조용하던 집안이 북적거렸다.
나는 방구석에 쪼그려 앉아있다가
꾸벅꾸벅 졸기 시작했다.

그때 문득 여자친구와의 약속이 생각이 났다.
슬그머니 집을 빠져나왔다.

* 서울 종로구 충신동 중앙성결교회-그때 도움을 받은 은혜를 잊지 않고 어머니
는 아직도 그 교회에 열심히 다니고 계신다

하필 빌려준 돈을 받기로 한 날이 오늘이었고
오늘만큼은 꼭 받아야 했기에
가슴이 뛰고 다리가 후들거렸다.

얼굴색이 좋지 않다는 여자친구의 말에도
나는 잠이 부족한 탓이라고 둘러댔다.
돈은 못 받은 채 커피를 마시고 일어서는데
친구가 극장에 가자고 졸랐다.

극장 안으로 들어서자 영화가 시작되었다.
〈졸업여행〉이라는 코믹한 영화였다.

아버지의 생애가 조각난 그림으로 흩어져
넓은 스크린 속을 표류하고 있었다.

영화가 끝난 후 나는 미친 듯이 집으로 달렸다.
혼이 빠진 어머니에게 그 어떤 말도 할 수가 없었다.

85. 11. 3

나는 이제 환갑을 갓 넘겼다.

78년 3월 1일부터 쓰기 시작한

일기장을 서랍에서 꺼냈다.

너덜너덜한 일기장은 모서리 곳곳이 삭아

함부로 만져서는 안 될 보물이 되었다.

꾹꾹 눌러 쓴 일기에는 연필 자국이 번져 있었다.

일기장을 토대로

어릴 적 성장 과정을 살펴보기로 했다.

장남인 나에게 아버지는 원수처럼 두려운 존재였고

가족들에게는 힘들고 버거운 사람이었다.

내 머릿속에 지워지지 않는

몇 가지 기억들은 가시처럼 남아

아직도 심장을 찌른다.

아버지가 술 냄새를 풍기고 집에 들어서면
어머니는 늘 눈치를 살폈다.
습관처럼 폭발하는 폭력성을
어머니에게 사정없이 휘두르곤 했다.

아버지는 어느 날
씩씩대며 큼직한 가위를 들고
어머니에게 달려들어 어머니 머리채를 한 움큼 거머쥐고
싹둑싹둑 잘라서 방바닥에 패대기쳤다.
어머니는 방구석에 쪼그리고 앉아
수건을 입에 물고 밤새 흐느꼈다.
동생들과 나는 이불 속에서 움츠린 채 몸을 떨었다.
유난히 긴 밤이었다.
어머니는 한동안 머리 위에 수건을 둘러쓰고도

집 밖을 나서지 않았다.

참고 참다가 어머니는 작은 보따리를 움켜쥐고 배를 탔다.

친정으로 가신 것이다.

그곳은 어머니에게 유일한 피난처였다.

며칠 지나면

어머니는 아버지 손에 이끌려 집으로 돌아왔다.

어머니가 집에 오면,

나와 어린 동생들은

따뜻한 밥을 편히 먹을 수 있었다.

동네 어귀에 친구들과 놀다가도

멀리서 술에 취한 누군가 고래고래 소리 지르면

나는 가슴이 철렁 내려앉았다.

이를 악물고 나는 아버지를 원망했다.

낮에는 따뜻한 볕이 찾아온 것처럼 평온했지만

어둠이 내리면

술에 취한 아버지의 악몽이 되살아났다.

이 글을 쓰기 시작하면서

난 어머니께 아버지에 대해 넌지시 물었다.

어머니는 말씀하셨다.

"너희 아버지가 뭐 나한테 크게 잘못한 건 없어. 술을 너무 좋아해서 내가 안 살고 싶을 때도 있었지만."

나는 그러한 어머니가 놀라워

표정관리가 잘 안 되었다.

어머니는 혼자 말을 이어가셨다.

"엄마는 부모가 일찍 돌아가셔서 내 자식들만큼은 엄마 없는 아이들로 만들 수가 없었단다."

나는 고개를 들지 못했다.

아버지는 남의 집에서 농사를 짓고
미리 받은 품삯으로 도시를 돌아다니며
술 담배 도박을 좋아했다.
평생 떳떳한 가장 역할을 하지 못했고
빈 주머니가 돼서야 집을 찾아 들어왔다.

그나마 농사철에는
부지런하게 머슴 생활에 최선을 다하였기에
아버지는 소문난 일꾼이었다.

나는 초등학교 시절

공부는 늘 꼴찌에서 벗어나지 못했다.

학교생활 6년 동안 일곱 번 전학을 다녔다.

전학 후 바로 등교하는 것도 아니었고

학교에서 소식이 올 때까지 무한정 기다려야 했다.

77년 2월, 초등학교를 졸업했다.

친구들처럼 당연히 중학교에 가는 줄 알았다.

학비가 없어 당장은 학교에 가지 못한다는 말을

반복적으로 아버지에게 들어야 했다.

해가 바뀌면 중학교에 보내주겠다는 아버지의 약속에

나는 희망을 품고 있었지만

아버지의 약속은 끝내 지켜지지 않았다.

아버지는 동네 구멍가게에

심부름꾼으로 나를 밀어 넣고

일 년 치 품삯을 받기도 했고

다음 해에는 농사를 짓는 친척 집에 떠맡기고

목돈을 받아 놀음으로 탕진하였다.

79년 가을,

아버지 몰래 도망치듯 고모를 따라 서울로 올라왔다.

80년 3월에 내 힘으로

동대문 야간 재건중학교에 입학하였고

그렇게도 부러웠던 멋진 교복도 입었으며

그토록 보고 싶었던 과목별 교과서도 받았다.

서울에서 나는 여러 일자리를 전전했다.

포장끈 공장, 구두닦기, 디스코텍 종업원,

관광 나이트 안내원, 군고구마 장사, 카바레 웨이터보조,
세차장, 원단가게 점원 등
몸으로 하는 일에는 이골이 났다.

누군가는 힘든 세상살이했다고 위로할 수도 있다.
그러나 나로선 시골에서 2년 동안 아버지에게 떠밀려
뙤약볕에서 머슴살이하던 때에 비하면
도시 생활은 노력만 하면
무서울 것 없는 사회였다.
너무 빠르게
나는 어른이 되어버렸다.
고달픈 과정이었다.

아버지를 통해 골 깊은 쓰라린 상처를 받았지만

그 상처 덕분에 나는

더 치열하게 살았다.

장남으로 책임을 다하기 위해서

나뿐 아니라 우리 가족 모두가

사람답게 살 수 있는 환경을 만들고 싶어서

나 자신을 끊임없이 벼르고 다듬는 노력을 아끼지 않았다.

철저한 자신과의 싸움이었다.

참, 다행이다.

1985년 11월,

봄날에 제비가 찾아오듯

우리 가정에 평온이 찾아왔다.

내 나이 스물둘,

머리맡에 먹다 남은 소주병을 두고

아버지는 죽었다.

아주 특별한 애도

조정은(baramandgurm@hanmail.net)

최초의 선물, 영원한 보물 1호

일기는 그가 초등학교를 졸업한 이듬해 삼월 초순부터 시작되었다. 중학교에 진학하지 못한 설움을 꾹꾹 누른 채 산에서 땔감을 구해 나르는가 하면 소를 몰고 들로 나가 풀을 뜯기고 돼지죽을 쑤어 먹이며 우물물을 퍼다 채소밭에 뿌려주고 청소와 밥을 하고 동생들 숙제를 돕는 등의 일상을 세세히 기록하는데, 문체가 시종일관 짧고 단순하며 선명하다. 어린 소년이어서 그렇다고 하기엔 묘사가 아주 적확한데다 나중에 보니 현재까지도 그 문체는 변함이 없었다. 타고난 성품 그대로가 문장으로 드러난 것이 틀림없다. 나는 그의 일기문에 '전각체'라는 이름을 붙였다. 한 문장 한 문장 끝이나 정으로 쪼듯 파내듯 간결하고 칼칼한 인상 때문이다.

열다섯 소년은 하루 종일 쉬지 않고 많은 일들을 해치우고 그날그날 보고서처럼 일기를 쓴다. 아니 그건 보고서라기보다 근면 성실한 자신에게 건네는 위로이며 격려이고 다짐이며 결의이다. 소년이 힘겨운 일들을 너무나 태연하고 당연하게 해치울 수 있는 건 일기 덕분이었을 수도 있다. 그의 시간과 사유는 일기장에 또렷하게 아로새겨졌고 그 과정을 통해 자기 삶을 재조직해 왔던 건 아닐까 싶다.

초등학교 입학이 늦어서 77년 졸업 당시 그는 열다섯 살이었다. 이듬해 봄부터 육십을 넘긴 지금까지 하루도 빠짐없이 일기를 써온 것인데, 첫 일기장을 얻게 된 사연이 기가 막힌다. 그의 아버지는 농번기엔 남의 집 머슴을 살다가 농한기가 되면 노름방을 전전하며 술을 많이 마셨으니 집안 살림은 곤궁하기 이를 데 없었다. 장남이 초등학교를 졸업하자 동네 가게에 심부름꾼으로 데려다 쓰라 하고는 일년치 세경을 미리 받아 노름방으로 달려가서 하룻밤 새 그 돈을 다 날리고 누군가 쓰다 버린 일기장을 주워다 아들에게 주었다. 그때부터 김도석은 일기를 쓰기 시작했고 바로 그 첫 일기장이 그에겐 평생의 보물 1호이다.

노트엔 〈국민교육헌장 생활 일기〉란 제하에 '초등학교용 국민교육헌장의 생활화 방향'이라는 부제가 붙어 있다. 앞표지 안쪽에 1972년 12월 5일자 박정희 대통령의 치사가 게재된 것으로 보아 상품(賞品)으로 쓰였던 것 같고, 그해 만들어진 노트임이 분명하다. 그렇다면 그에게 넘어오기까지 6년이 걸린 셈이다. 노트 중간중간 계몽적인 훈시글이 빼곡하게 들어차 있다.

비록 누군가 쓰다 버린 노트지만 아버지가 아들에게 건넨 최초의 선물이었으므로 아들은 노트 속에 들어있는 계몽적인 글들을 꼼꼼히 읽으며 마치 아버지의 명령처럼 실천하지 않았을까 한다. 실제의 아버지는 점점 더 그에게 실망만을 안겨 주는 반면, 그가 바라는 진정한 아버지상은 일기 속에 있었다. 그는 국민교육헌장 일기 속 훈시글에 의해 가장 바람직한 성장기를 보냈으니 국민교육헌장의 놀라운 순기능이다. 그는 위인전을 특히 좋아했고 일기를 쓸 때마다 더 나은 사람이 되기 위한 다짐을 빠뜨리지 않았다.

그가 아버지를 발견해가는 과정과 이별의 과정까지가
이 책의 골격을 이룬다.

골 깊은 애증

해가 질 무렵에는 엄마만 오셨고 아빠는 오지 않았다.
술과 도박을 좋아하는 아빠가 걱정되었다.

78. 3. 10.

아빠는 지도 읍내에서 천자문 책자를 사 오셨다.
중학교 들어가지 못한 나에게는 큰 선물이었다.

78. 3. 16.

소깔을 한 아름 베고서
우리 집으로 오니 어머니와 아빠는 야단이었다.
아빠는 술에 취해 있었다.
온 식구가 불쌍했다.

78. 5. 19.

지친 몸으로 집에 들어오니까 아빠가 오셨다.

나는 마음속으로

어른이 되면 집 지을 계획을 세웠다.

78. 5. 24.

인물이 멀쩡한 아버지가

어린 자식을 고생시킨다고

동네 사람들이 소곤대는 소리가 들렸다.

78. 8. 1

자주 집을 비우는 아빠와 아빠를 기다리는 아들의 심리적 간극이 점차 드러나면서 보는 이들의 마음을 아프게 찌른다. 그러던 중 엄마가 출산을 했다.

아침에 주인집 가게에서 심부름하고 있을 때

아빠가 오셨다.

빨리 집으로 가라고 채근했다.

엄마에게 상구(산기)가 돌았다고 했다.

급히 집으로 돌아와 엄마 심부름을 했다.

엄마는 아기를 낳았다.

엄마가 혼자 낳은 아기는 여동생이다.

엄마가 힘겹게 불러주는 대로 날짜를 받아 적었다.

음력, 7월 2일 오전 9시였다.

나는 엄마 곁에서 심부름도 하고 밥을 지었다.

점심때는 아저씨 가게에서 일손을 돕다가

집으로 잠시 돌아와 엄마가 밥을 먹을 수 있도록

솥에 쌀을 안치고 미역국도 끓였다.

여동생들이 엄마 밥을 먹을까 봐

이불 속 깊숙이 넣어 두고

오후에는 전장포로 가서 물건을 받아왔다.

목포에 갔던 아빠를 하염없이 기다렸지만

아빠는 오지 않았다.

78. 8. 5.

양수가 터진 아내를 어린 아들에게 맡기고 집을 나가 밤에도 돌아오지 않는 사람이 도석의 아버지였다. 이걸 어떻게 이해할 수 있을까. 여러 번 출산한 경험이 있는 아내를 믿어서인가. 열다섯 맏아들을 믿어서인가. 아니면 무책임일까. 의도적 회피일까. 아버지가 돌아온 것은 그로부터 사흘 뒤다.

이웃집 주인이
내년에는 자기네 집에서 머슴살이를 하라고 했다.
아무 말도 하지 않았다.
속이 상했기 때문이다.

만약에 내가 이웃집에서 머슴을 살고 있다면,
나는 사람이 아닐 것이다, 라고 생각하였다.
저녁 늦은 시간까지
가게 심부름을 하고 집으로 돌아와
담배 냄새와 찌든 땀내가 나는
아빠 곁에서 잠을 잤다.

아빠 냄새가 좋았다.

78. 8. 8.

자신을 머슴살이 보내고 엄마의 출산마저 자신에게 떠맡기고 무책임하게 떠돌다 돌아온 아빠인데, 그 등에 고개를 묻고 아빠 냄새가 좋다고 행복해하는 아들은 아직 아빠에 대한 기대를 내려놓지 못한 철부지다. 아빠가 머슴살이를 면해줄 것이고 중학교에도 보내줄 것이라는 기대를 품은 아들에겐 아빠의 찌든 땀냄새마저 향기롭다. 그러나 그 기대는 곧 무너지고 만다. 어느날 동네 가게 앞을 지나다가 열린 문틈으로 화투를 치고 있는 아빠를 보게 되었다. 그리고 그날 집에 돌아온 아빠는 내년에도 중학교에 보낼 수가 없다고 했다.

아빠는 하필 그날 왜 그런 말을 했을까. 노름빚을 진 걸까. 아들이 노름하는 아빠를 보고 얼마나 안타까웠는지 얼마나 속이 상하고 부끄러웠는지 까맣게 몰랐겠지만 그래도 겨우 8월인데 중학 입학까진 아직 반 년이나 남았는데 중학교에 보내지 못한다는 말을 왜 하필 그날 그 시간

에 해야 했을까. 이렇게 아들의 마음 안에서 아빠의 환상
은 부서지고 있었다.

점심때에는 니아카를 앞세우고 전장포에 갔다.

먼저 석유 한 통을 사고, 선창가로 갔다.

거기서 뜻밖에도 술에 취한 아빠를 만났다.

나는 기분이 좋지 않았다.

아빠가 불쌍하다고 생각하니 괜히 눈물이 났다.

내가 기다리던 물건은 오지 않았다.

배 시간을 맞춰 오후에 다시 선창 가를 나갔다.

주인아저씨가 물건을 가지고 오셨다.

집으로 돌아와서는

아빠에게 꾸중을 들었다.

                                                    78. 9. 14.

아들이 술에 취한 아빠를 외면했던 것일까, 아니면 아
들이 눈물 흘리는 걸 아빠가 본 걸까? 어린 아들은 쉬지
않고 고된 노동을 하는데 아빠는 장터에서 술에 취해 휘

청거리는 광경, 자체가 비극적이다. 게다가 저녁엔 아빠가 아들을 나무라기까지 한다. 도대체 무슨 권리로 그럴 수가 있을까. 아빠라는 분은 언제든 상식을 뛰어넘으며 원칙 같은 것도 없다.

> 어둠이 내릴 무렵에
> 아빠가 지도에서 오셨는데,
> 술에 취하셨다.
> 나는 사람들과 싸움할 것 같아 걱정했다.
>
> 78. 10. 6.

아빠를 걱정하는, 저 짧은 문장 안에는 복잡하고 다층적인 심리가 내포되어 있다. 1978년부터 아버지가 돌아가실 때까지 일기에 가장 많이 등장하는 사람이 아버지다. 기다림과 기대감, 실망과 원망, 연민과 애증으로 점철된 기록이지만 무심하지 못했고 무심할 수 없었다는 사실에 주목할 필요가 있다. 아빠가 사람들과 싸울 것 같아 걱정했다는 이런 정도의 염려는 아주 사소한 시작에 불과했다.

최초의 반항 그리고 해체

새참 때에는 어떤 아저씨네 나락을 훑으러 갔다.

나락을 져 날랐고 점심을 먹은 다음

나락을 풍차에 돌렸다.

저녁 늦은 시간까지 일했다.

몸을 씻고 집으로 돌아왔다.

아빠는 술에 취해 있었다.

78. 10. 8.

아빠는 나에게

내년에 남의 집에 들어가

또 머슴을 살라고 윽박질렀다.

나는 절대 못 간다고 소리를 질렀다.

78. 10. 10.

246

최초의 반항이다. 아빠의 말에 처음으로 맞고함을 지른 첫 사건이다. 8월 28일에도 아빠는 중학교에 못 보낸다는 말을 했지만, 그때 아들은 그저 고개를 숙이고만 있었다. 반항하는 이 현상을 성장이라고 할 수 있을까. 적어도 그는 현실을 직시하기 시작했다. 아버지는 아들에 의해 서서히 해체되어 가고, 아들은 아버지에 대한 기대에서 벗어나기 시작했다.

그의 가족은 그해 11월 지도읍으로 이사했다. 아버지는 자신은 남의 집 농사를 짓기로 했다면서 아들에게 이발소에서 일하라고 했다. 거스를 수 없는 명령이었다. 이발소로 출근하는 길에 교복을 입은 친구들과 마주쳤다. 어느 날은 친구들이 이발하러 오기도 했다.

해가 질 무렵 엄마는 아빠를 찾으러 읍으로 나갔다.
조금 후에
엄마는 술기운이 있는 아빠를 앞세워 집으로 돌아왔다.
나는 아빠를 보고는 기분이 상했다.
아빠와 나는 싸움을 했기 때문이다.

나는 약을 먹고, 죽을 생각을 하였다.

78. 12. 15.

저녁때 집에 돌아오니 아빠는 술에 취해 있었고,

엄마의 표정이 좋지 않았다.

동생들과 밥을 함께 먹던 아빠가

갑자기 밥상을 허공에 던져버렸다.

78. 12. 24.

늦은 시간까지 이발소 일을 끝내고 집으로 돌아오면 아빠가 술에 취해 주정하는 일이 반복되었다.

아빠가 또 술에 취해 있었다.

하도 나에게 이유도 없이 꾸중하기에 밖으로 뛰쳐나갔다.

10시가 넘어서야 방으로 들어왔다.

아침에서야 일기를 쓴다.

글씨가 좋게 안 써진다.

손에 힘이 없다.

나는 결단코 중학교에 가고야 말겠다.

78. 12. 28.

그렇게 해가 저물었고 아빠는 술에 절어 살았고 백일짜리 젖먹이가 딸린 엄마는 행상에 나섰다. 생선을 이고 나가 판 돈을 아빠에게 주면서 생선을 더 사오라고 했지만, 돈을 들고 나간 아빠는 돌아오지 않았다. 다음날 엄마와 함께 아빠를 찾아나섰다.

술에 취한 아빠는 작은아버지 네 문간방에서 자고 있었다.
간밤에 술에 취한 아빠는
엄마가 생선을 사 오라는 돈으로
읍내 사람들과 놀음을 했다고 한다.
작은어머니가 지혜를 발휘해
"시숙님, 돈을 좀 빌려주세요."
하면 아빠의 양쪽 주머니에서 많은 돈이 나왔다고 했다.
작은어머니는 그 돈을 예쁜 봉투에 담아
엄마에게 주셨다.

나는 그 모습을 보지 않는 척하며 다 봤다.
너무 부끄러웠다.

79. 1. 6.

아버지는 급기야 아들을 오촌 댁에 농삿일을 거드는 머
슴으로 들여 보냈다. 내년에는 중학교에 보내주겠다는 달
콤한 약속을 하면서. 농삿일은 가게 심부름이나 이발소보
다 더 고단했지만 그는 꿈에 부풀어 낮에는 열심히 일하고
밤에는 책을 읽었다. 그런 그에게 사람들은 너희 아빠는 똑
똑하고 말 잘하고 영리하고 인정이 많으며 엄마는 순하고
부지런하다고 칭찬을 해줬다. 책 전문 중 딱 한 번 나타나
는 자부심이다. 그러나 그는 며칠 지나지 않아 이렇게 쓴다.

나는 돈을 벌면 까먹지 않을 것이며
돈을 함부로 쓰지 않을 것이다.
아빠처럼 되지는 않을 것이다.
동화책이나 내 곁에 많이 있으면 좋겠다.

79. 6. 7.

도석은 아빠처럼 되지 않는 것이 목표가 되었다. 오촌 댁은 부유하고 안정된 가정이다. 도석은 그곳에서 가정이라는 테두리 안의 화목과 평화를 배워가면서 가족을 그리워하고 바른 생활 태도를 익혀 간다. 농삿일이 고되고 힘들지만 그보다 더 견디기 어려운 것은 가족을 향한 그리움이다. 그런데 그리워야 할 아빠는 떠올리기 무섭게 걱정이 앞선다. 어느 날엔 이런 시를 쓰기도 했다.

가난한 집에 누가 기둥인가?
아빠가 기둥이 돼야 할 텐데.
큰아들이 기둥이 되겠다고 하네.
아빠는 논밭의 벌레 같고
아들은 논밭의 주인이 되고 싶다 하네.
약을 뿌려도 소용없네.

79. 7. 2.

뜨거운 여름날 담뱃잎을 따면서도 아빠 걱정뿐이다. 덕분에 그는 매번 스스로를 채찍질한다. "나는 정신을 똑바로 차리고, 열심히 공부해 성공할 것이다. 나의 가정을 편안하게 할 것이다." 그러니까 그의 아빠는 전형적인 반면교사다. 아들의 간절한 소원은 아빠가 정신을 차리는 것, 자신은 아빠를 절대로 닮지 않는 것이다.

홀로서기 그리고 도전

드디어 김도석에게 새로운 역사의 날이 열렸다. 79년 11월 5일 상경한 것이다. 첫 직장은 고모가 운영하는 끈 공장이었다. 낮에는 일하고 밤에는 야간중학교를 갈 수 있게 되었다. 그는 초등학교 산수 공부를 하며 중학교 입학을 준비했다. 그러던 중 아빠가 오셨다.

기쁘기도 하고 한편 마음이 두근거렸다.
시골에서 아빠가 오셨다고 하니
고모부도 형들도 모두 좋아했다.
나도 덩달아 기뻤다.
사랑하는 내 아버지다.

79. 12. 17.

그의 꿈이 실현 가능해졌고 아빠를 향한 사랑도 회복되었다. 환경이 사람을 만든다는 말은 참이다. 어린 날에 그토록 고된 일을 해온 그에게 끈공장 정도야 식은 죽 먹기였을 테고, 그렇게도 열망하던 중학 입학이 현실이 되었으니, 미움이나 원망은 봄눈 녹듯 녹아내렸다. "사랑하는 내 아버지"라는 말은 여기서 딱 한 번 나온다. 그래서 더욱 안타깝고 눈물겹다.

80년 3월 10일, 이윽고 그는 중학생이 되었다. 교복을 입고 교모를 쓰고 의젓하게 학교로 가서 입학식을 치르고 노래도 부르고 춤도 췄다. 여름방학엔 금의환향하듯 고향으로 달려갔다. 그러나 "쓸어질까 말까 하는 초가집에, 풀들은 곳곳에 무성하고, 어머니는 햇볕에 그을려 낙엽처럼 앙상한 얼굴이었다. 어린 여동생들은 몸에 걸친 옷이 거지꼴이었고 아버지는 술에 취해 있었다." 그는 또다시 분노했다. 아버지가 빨리 죽어버렸으면 하는 마음이 간절했다는 것이다. 서울로 돌아온 그는 더욱 단단해졌다. 공장에 쌓인 재고를 들고 거리로 나가 "끈 사세요!" 외치며 팔아치웠다. 스스로도 놀랐다. 자신에게 장사에 소질이 있다는 걸 발견하게 된 계기였다. 저축을 많이 해서 이듬해 봄에는 열심히 일하고 공부하는 학생으로 뽑혀 많은 사람들 앞에서 불우청소년 성공사례를 발표했다. 그는 홀로 서기에 성공했다. 81년 12월 1일 다시 고향을 찾아갔다.

몸이 지치고 지칠 때쯤
아빠 엄마가 계시는 집에 짐보따리를 내려놓았다.
아빠는 나를 보고는 눈물이 뺨을 타고 떨어졌다.
나는 아빠처럼 울지는 않았지만, 속으로는 행복했다.
우리 가족들이 이렇게 한자리에 모인 것이
내가 서울로 간 다음 처음이다.

81. 12. 1.

이렇게 사랑하며 살면 그만인데, 더 바랄 것도 없을 것인데, 겨우 열흘 지나자 그는 일기에 이렇게 썼다.

나는 아빠가 미웠다.

나쁜 사람이라고 쌍욕을 했고,
지금 당장이라도 죽여버리고 싶은 욕구가
내 가슴에 방망이질을 해댔다.

날이면 날마다 술에 취해서
밥도 안 먹고 갈증 때문인지 물만 마시고
조용하던 집안에 불란만 일으키는
아빠가 원수처럼 생각된다.

지금 내 소원이 있다면
아빠가 하루라도 빨리 세상을 떠났으면 하는 것이다.
간절한 희망이다.

평소에 아빠는 말수가 없는 사람이다.
한잔에 술이라도 입가에 닿으면 완전히 달라진다.

나는 가끔 생각한다.
내 아빠는 미친 사람이 아닐까?

껌딱지처럼 붙어있는 엄마는
아빠에게 불만이 없는 듯 살고 계신 것이 신기하다.
그러다가도 술기운만 있으면
아빠와 언성이 높아지는 것이 이제는 지겹다.
서울로 올라갈 준비를 빨리해야 하겠다.

81. 12. 10

　

아빠는 그에게 빛과 그림자다. 행복이며 동시에 불행이
고 희망이며 절망이다. 아빠가 세상을 떠났으면 하는 게 간
절한 소원이라니, 이보다 참혹한 일이 또 있을까. 오이디푸
스 컴플렉스 같은 걸 들먹일 필요 없다. 이것은 어린 생명체
의 절박한 몸부림이다. 이틀이 지난 일기에는 이렇게 썼다.

아빠 얼굴에는 평온이 찾아왔다.
아빠를 따라 가까운 산으로 나무를 하러 갔다.
뒤를 졸졸 따르면서 나는 웃음이 나왔다.
이렇게 믿음이 가는 우리 아빠인데.

81. 12. 12.

이러한 애증은 전편에 걸쳐 반복된다. 아빠에 대한 애증의 근원은 이 책을 통해선 찾을 길이 없다. 유추하건대, 아빠는 장남을 지극히 귀애하면서도 한편으로 의지하지 않았나 싶다. 아빠의 생애 어느 지점에서 치명적인 상처를 입은 게 틀림없어 보인다.

역시나, 그 아버지는 예닐곱 정도(정확하진 않지만) 어린 나이에 부모를 잃었고 풍부했던 부모의 재산은 흔적없이 사라졌다. 그곳은 김해김씨 집성촌이었지만 고등교육을 받지 못했고 어릴 때부터 방황이 심했다. 그 와중에 사람들은 저 땅이 다 네 아버지 것이었다는 둥 귀띔을 하며 그의 상처를 후벼팠다. 아버지는 오직 술에 기대어 숨을 쉴 수 있었고 술에 기대어 상처를 잊고자 했던 모양이다. 아들이야 자신처럼 불행하게 만들고 싶지 않았겠지만, 그래서 맨정신일 때는 아들에게 극진했겠지만, 맨정신으로 빼앗긴 땅에서 머슴살이하는 일은 쉽지 않았을 터, 아버지는 살기 위해 술을 마셨고 잊기 위해 술을 마셨을 것이다. 하지만 술은 더욱더 아버지를 부수고 망가뜨리는 깊은 함정이었다.

도석은 쓸쓸하게 서울로 돌아왔다. 그리고 여자 후배 미순이를 위해 어렵게 마련한 선물을 건네려고 기다리는데, 미순은 다른 남학생과 어울려 그를 지나치고 만다. 열아홉에 찾아온 첫사랑은 짝사랑에 불과했다. 그래도 그는 기죽지 않고 멋진 미래를 설계한다. "좀 더 유능한 아빠가 되기 위해서는 지금 열심히 배워야 한다. 유능한 엄마를 얻기 위해서는 더 뛰어야 한다." 어느 날은 이런 상상도 한다. "10년 후 내 나이 29세이다. 내가 멋진 옷을 차려입고 마음씨 좋고 착한 여자를 만나 장가를 갈 것이고 남부럽지 않은 생활력으로 가정을 이끌 것이며 형제들은 장남으로서 잘 보살필 것이다. 아내를 대할 때는 늘 웃는 모습을 보일 것이고 유머 감각을 발휘하는 가장이 될 것이다. 아들과 딸을 고루 낳아 희망을 담은 이름을 지어주고 공부할 수 있는 환경을 만들 것이다." 그는 디스코택에서 일하다가 동대문경찰서의 주선으로 서린호텔에서 구두닦기를 시작했다.

오늘은 서린호텔에 첫 출근 날, 11시에 호텔로 나갔다.

사우나 손님이 벗어놓은 구두를 닦는 일이다.

구두를 닦는 기술은 없지만,

성의껏 신발을 닦으면 된다는 교육을 받았다.

5시에 퇴근한 후

나는 많은 고민을 안고 영등포로 갔다.

아빠가 집 나간 엄마를 찾으러 시골에서 올라오셨다.

아빠는 소리쳤다.

"니 엄마를 찾아내라!"

나는 화가 나서 되받아쳤다.

"그냥 돌아가시오."

그래도 이 골목 저 골목으로 따라다니며

나는 괴로워했다.

얄미운 아빠였다.

아직도 정신을 차리지 못한 인간이라고 욕했다.

속으로는 마음이 무거웠다.

내가 아빠에게 들이댄 것이 잘한 일일까?

나는 힘들고 괴로운 일이 있으면

무조건 잠을 자려는 습관이 있다.
잠자리에 들려는데 편지 한 통이 눈에 띄었다.
속초에서 날아온 여자친구의 편지였다.
이번만큼은 잠자리에 들지 않아도
피로감이 깨끗이 사라졌다.

83. 1. 2.

아빠에 대한 미움을 못 견뎌 잠자리에 들었을 때 여자친구가 보낸 편지를 발견하고 벌떡 일어나 기뻐하는 청춘. 아름답다. 절망의 깊이만큼 살짝 비춰지는 희망의 불빛은 안타까우면서 향기롭다. 어떤 고난 속에서도 어떤 절망에서도 사랑은 꽃으로 피어난다. 서울과 속초, 물리적 거리는 멀더라도 편지를 주고받으며 마음의 거리는 점점 좁혀질 터이니, 스무 살 도석에게 사랑은 이렇게 왔다. 그럭저럭 그의 가족들은 서울에 궁색하나마 둥지를 틀었다. 엄마도 일하고 동생도 일하고 어린 동생들은 학교에 다니고 그냥 빈둥거리는 사람은 아빠뿐이다.

어제 저녁에 일어났던 일은

다시는 일어나선 안 되는 사건이었다.

성숙한 아들과 아빠 사이 불행의 원인은 아빠 술 때문이다.

나는 아빠에게 거침없이 높은 목청으로

야, 새끼야!!

소리치며 내 머리통을 아빠 배 밑으로 밀어넣었다.

왜! 자식은 아빠를 죽이고 싶도록 미워했을까?

밤새 잠을 설친 것은 어린 동생들과 엄마였다.

엄마는 아빠에게 쓴소리 한 번 못한다.

아빠가 하늘이요, 가정의 기둥이라고 생각하는가 보다.

먹먹한 기분으로 집을 나와서 학원에 갔다가

수업을 마치고 직장으로 왔다.

오늘은 퇴근하지 않고,

사우나 안의 구석진 빈 곳을 찾아 새우잠을 잘 것이다.

83. 5. 10.

누가 이 아들을 나무랄 수 있을까. 뉘라서 그 아들을
비난한단 말인가. 이 부자의 인연은 절망과 서러움이 역

청처럼 끈적거리는 족쇄이며 굴레였다. 며칠간 그는 자신의 행위에 대한 반성과 합리화를 반복하다가 다시 부모를 찾아간다. 엄마는 장남의 손을 이끌고 아버지에게 사과하라고 채근한다. 마지못해 사과를 드리고서야 집안은 다시 평온해졌다.

서린호텔에서 일 년 동안 구두닦기를 하고 뛰쳐나와 상패집에서 석 달 일하고 여의도 증권거래소에서 다시 구두닦는 일을 시작했다. 이번엔 투잡이다. 저녁에는 동대문관광회관 나이트클럽에서 엘리베이터 보이로 일한다. 그의 가족은 아직도 영등포 쪽방에서 지내고 있었다. 그는 가족이 함께 살 집을 마련하기로 했다. 동숭동 시민아파트가 마땅했지만 보증금 중 50만원이 부족했다. 그때 아빠가 45,000원을 내놓았다. "나는 이것만으로도 충분히 아빠를 존경할 만했다."라는 대목에서 눈물이 핑 돈다. 그가 아빠로부터 처음 받아본 도움이다. 그는 나이트 클럽을 그만두고 군고구마 장사를 시작했는데 시작한 지 스무날도 안 되어 아예 군고구마 통을 사겠다는 사람이 나타났다. 그걸 팔고 다시 장만하여 군고구마를 팔다가 그

는 다시 우울이 도졌다. 동생에게 고구마통을 맡기고 집
에 와서 잠을 자는데 아빠가 또 술에 취해 나타났다.

나는 그런 아빠와 치고받고 싸웠다.
아들이 아빠를 때릴 수 있을까?
내 손끝을 스친 아빠 얼굴은 형편없었다.
내가 너무 초라했고, 큰 죄를 지은 마음을 가졌다.
아들과 아버지 간의 불행은 아빠 술 때문일까?
아니면 가난 때문일까? 나에게는 큰 의문이었다.

84. 12. 18.

도석의 우울은 깊어져서 위험 수위에 이르고 만다.

지식도 돈도 없는 알거지이고,
앞으로 성공을 한다는 보장도 없다.
조용한 곳에서 자살하고 싶은 욕구가
발끝에서 머리끝까지 치고 올라왔다.

84. 12. 26.

아빠는 며칠 동안 군고구마 장사를 하셨다.

내 가슴만 무겁게 했다.

술만 드셨다 하면 고모 집에서 이유도 없이 싸우고

집에 들어오시면 이 세상 사람이 아닌 양

실없는 인간으로 변한다.

술기운으로 반복되는 말이 길어지고

새벽 3시가 넘어서야 겨우 잠든 모습을 본다.

졸린 눈으로 옆에서 지켜보는 나는

지금 이 상황과 심정을 어떻게 표현해야 할지,

난감하기만 하다.

곁에 칼자루나 독약이라도 눈에 띈다면

저 세상 사람으로 만들고 싶은 지경이다.

내 진심에서 우러나온 생각이었다.

아빠는 우리 가족들의 방해꾼이 될 뿐,

다른 큰 의미는 없다.

85. 1. 21.

그렇게 그는 아빠를 정면으로 마주보고 미화하지 않고

미워하며 원망하면서 또는 연민하면서 아빠로부터 벗어날 수 있었다. 아빠를 더 이상 기다리지 않는 것으로, 어떤 기대도 하지 않음으로써 아빠를 극복했다. 당시 가장 핫했던 타워호텔 카바레를 찾아가 웨이터 보조로 일하기를 자청했고 곧바로 채용되었다. 4년 전 끈 공장에서 받던 월급보다 곱절이 훨씬 넘는 월급을 받았다. 아버지는 몸져누운 채 일어나지 못했지만 그런 아버지는 이제 불쌍한 존재에 불과하다.

3남 3녀의 아이를 둔 50대 가장이라면
책임감과 경제력은 기본 바탕이라고 생각한다.
내 아빠를 떠올려보면 한숨이 절로 터진다.
우리 가정의 과거를 뒤돌아보면
아빠는 그 얼마나 많은 고통을
가족들에게 심어주었는지
남들은 상상하지 못할 것이다.

어린 동생들은 잘 몰라도,

늘 홀로서기에 안간힘을 다했고
강제로 일찍 철이 들어버린 나는
혼자라서 힘들었다.

내 아빠는 평생을 술과 담배를 절제하지 못했고,
놀음과 잦은 이사로 살림은 남아 있는 것이 없다.
자식들은 비좁은 방 안에 우글거렸고,
가정교육은 우리 가족들에게는 허상이었다.
나는 방 하나를 차지하고 누워계시는 아빠를
위에서 내려다보며 어서 빨리 죽기를
우리 가정에도 평화가 찾아오기를 바랬다.

나에게 불효자식이라고 꼬리표 백 개를 달아도 좋다.
생각은 무섭게 했지만,
내 핏줄로 이어져 있는 아빠라고
살아계실 때 비디오로 모습을 담아볼까?
하는 생각을 잠깐 했다.

선뜻 마음에 내키지는 않았다.

85. 5. 29.

　애증이 이토록 격렬하게 소용돌이치는 글이 있었을까.
적어도 내가 그동안 읽은 글에선 이처럼 애증이 소용돌
이치며 격돌하는 문장은 없었다. 이렇듯 생생하고 격렬한
영혼의 요동을 온전히 끌어낼 수 있는 건 일기였기에 가
능했을 것이다. 누구나 일기는 비밀이 봉인된 저장고다.
그는 왜 이제 와서 그 봉인을 풀어버렸을까.

　두꺼운 이불 속에
　송장처럼 싸여있는 아빠는
　눈도 뜨지 못하고 말도 못했다.
　겨우 숨만 힘겹게 내쉴 뿐이다.

　방안에는 지독한 송장 냄새가 가득 찼다.
　아빠에게 손 한번 내밀어 잡아보지 못하고
　어두운 방에서 나왔다.

267

85. 11. 1

그로부터 이틀 뒤 새벽, 아버지는 영원히 눈을 감았다.

감기지 않은 눈에서 흘러나온 맑은 눈물이
아버지 볼을 타고 흘러내렸다.

어머니는 아버지 눈꺼풀을 조심스레 쓸어내렸다.
"어린 자식들 걱정은 말고 편히 가소."
말을 마친 어머니는 통곡하셨다.

가족을 평생 긴장하게 했던 아버지의 50년 삶이
막을 내린 순간이었다.
새벽 3시 5분이었다.

불행하게도 불행하게도
나는 이 순간을 기다렸다.

아버지가 돌아가셨다는 사실이

두려운 것이 아니었고 슬픈 것도 아니었다.
다만, 내 주머니에 돈이 없다는 것이
더 비참하고 무섭고 서글펐다.

넋을 놓고 있는 어머니와
겁에 질린 어린 동생들이 눈에 들어왔다.
어떻게 절차를 밟아야 하는지
어떻게 장례식을 치러야 하는지 눈앞이 캄캄했다.

날이 밝자 어머니는 교회로 전화하셨고
곧 교회 신도님들이 집으로 오셨다.
조용하던 집안이 북적거렸다.
나는 방구석에 쪼그려 앉아있다가
꾸벅꾸벅 졸기 시작했다.

그때 문득 여자친구와의 약속이 생각이 났다.
슬그머니 집을 빠져나왔다.

하필 빌려준 돈을 받기로 한 날이 오늘이었고
오늘만큼은 꼭 받아야 했기에
가슴이 뛰고 다리가 후들거렸다.

얼굴색이 좋지 않다는 여자친구의 말에도
나는 잠이 부족한 탓이라고 둘러댔다.
돈은 못 받은 채 커피를 마시고 일어서는데
친구가 극장에 가자고 졸랐다.

극장 안으로 들어서자 영화가 시작되었다.
<졸업여행>이라는 코믹한 영화였다.

아버지의 생애가 조각난 그림으로 흩어져
넓은 스크린 속을 표류하고 있었다.

영화가 끝난 후 나는 미친 듯이 집으로 달렸다.
혼이 빠진 어머니에게 그 어떤 말도 할 수가 없었다.

85. 11. 3

이제 우리는 문학에 대해 얘기할 수 있을까. 『이방인』에서 뫼르소는 엄마의 장례를 치르고 돌아와 애인과 서핑을 즐겼고 로맨스 영화를 보았고 섹스를 했다. 그는 불행하지 않았다. 엄마의 죽음에서 슬픔을 느끼기보다 그저 사회가 요구하는 의무를 행하며 담담했다. 사람들은 그가 슬퍼하지 않은 죄를 물었다. 물론 그는 바닷가에서 총을 쏴서 사람을 죽였다. 살인의 죄에다 무심의 죄가 가중되어 결국 그는 처형장으로 끌려간다. 그때 비로소 그는 행복을 얘기한다. 죽음을 향해 걸어가면서야 행복하다는 그의 태도는 긴 세월 동안 인간의 무의식을 해체하는 검으로 쓰이고 있다. 뫼르소에게 엄마의 죽음을 슬퍼하지 않은 죄를 묻기는 하지만 그 엄마가 뫼르소에게 어떤 존재였는지, 뫼르소의 성장 과정은 어땠는지 등등 한 인간이 성격을 형성하기까지의 동기가 별달리 조망되지 않았다. 뫼르소는 자기 고유의 어머니를 잃었는데, 사람들은 세상이 일반적으로 틀 지워 놓은 어머니를 잃은 슬픔을 강요했다. 세상이 강요 학습시킨 슬픔의 태도를 따르지 못한 죄가 가장 컸던 것이다. 그러나 그에겐 죽음이 그토록 나쁘지 않았다. 그에게 죽음은 갑갑한 세상으로부터의 해방구였고 그 길로 걸어갈 때 비로소 행복을 말했다. 그의 어머니도 그러하지 않았을까.

도석은 아버지의 주검을 뒤로 하고 친구를 만나 영화관으로 갔다. 코믹한 영화였지만 그는 영화를 보지 못했다. "아버지의 생애가 조각난 그림으로 흩어져 넓은 스크린 속을 표류하고 있었"기 때문이다. 그가 아버지의 죽음을 바랐던 순간은 꽤 오래 자주 있었다. 그리고 이제 아버지는 죽었다. 그는 이 글의 마지막을 이렇게 썼다.

1985년 11월,
봄날에 제비가 찾아오듯
우리 가정에 평온이 찾아왔다.
내 나이 스물둘,
머리맡에 먹다 남은 소주병을 두고
아버지는 죽었다.

아버지의 죽음이 곧 가정의 봄이며 평화라는 아들, 이 사람을 뉘라서 패륜이라고 비난할 수 있을까. 부모는 선택 사항이 아니다. 태어나 보니 그 터전이었던 것을 어쩌겠나. 산비탈 가파른 절벽 바위에 꿋꿋하게 서 있는 한 그루의 소나무처럼, 김도석은 자기 터전을 긍정적인 삶의 터전으로 만들면서 건강하고 모범적인 사업가로 또 감동을 자아내는 멋진 수필을 쓰는 작가로 우뚝 서 버렸다.

여기서 우리가 잊지 말아야 할 하나의 진실이 있다. 그는 아버지 사후 40여 년 동안 아버지를 다시 새기며 복원하는 데 심혈을 기울여왔다. 바로 이 책이 그 증거이다. 그는 비로소 애도 의식을 치르는 중이다. 아버지의 의무와 아들로서의 권리를 다 폐기하고, 한 인간 대 인간으로 아버지의 생애 속으로 다시 돌아가 한 인간의 고뇌와 방황, 슬픔과 절망, 사랑과 아픔을 똑바로 마주함으로써 그의 삶에 이유와 의미를 부여하는 작업이다.

너무 아픈 사연들이 빼곡하지만, 다 살피고 돌아 나오니 환한 빛길이 눈부시다.

아버지 죽다

2025년 4월 25일 제1쇄 발행

지은이 | 김도석

펴낸이 | 김종완

펴낸곳 | 에세이스트사

등록 | 문화 마02868

주소 | 서울 종로구 삼일대로457 수운회관 501 전화| 02-764-7941

e-mail | essay7942@hanmail.net

e-cafe | http://cafe.daum.net/essayist123

값 18,000원

ISBN 979-11-89958-60-2 03810